시들지
않기 위해
피지
않을 것

KB155313

목차

흉기의 이름은 고독 - 10

부치지 않은 편지 - 36

너무 뜨거운 멜로디 - 80

마음에는 입술이 없다 - 128

영원의 (불)가능성 - 160

삶, 그리고 아직 죽지 않음 - 186

가난한 젊음에 대하여 - 244

답
장

보내주신 편지는 잘 받았습니다.

얼마 전 밤의 허리께를 베어내고 도착한 당신의 편지에는 눅눅한 새벽의 냄새가 물씬.

당신께서는 단정한 활자 안에도 고유한 내음을 담을 줄 아시나 봅니다. 백지 가운데 새초롬 앉은 한 마디 문장을 쓰다듬다 코끝이 찡, 아렸다는 말씀을 드려야겠습니다.

제가 문득 궁금해지기 시작하셨다고요, 당신.

그 말이 어떤 의미인지 몇 번이나 다시 들여다보아야 했습니다. 저는 낯선 이를 까닭 없이 궁금히 여겨본 적이 없기 때문입니다. 우리는 서로의 얼굴도 이름도 나이도 모르고, 성별도 직업도 취향도 모릅니다. 하물며 내일모레의 계획이나 어제오늘의 생활, 더 옛날의 아픈 역사는 알 리가 없지요. 세상의 잣대로 가늠 우리는 생면부지의 타인입니다. 그런 이를 무작정 궁금해 할 수도 있는 건가요?

그러나 우울한 그늘에 한 발짝 들어와 이 선선함과 어둑함을 좋아한다고 말하는 당신. 당신의 천진한 한 마디를 곱씹다 보니 경계심과 의아함은 슬며시 사라지고, 저 역시 당신이 궁금해지는 것입니다. 신기한 일입니다. 혹시 관계란 얼마를 아는지가 아니라, 얼마나 더 알고 싶은지에 따라 깊어지는 걸까요? 예. 본 적도 없는 사람을 그리워해 본 일이 있느냐고 누가 묻는다면 아마, 당신이 저의 처음이라고 말할 것입니다.

고백컨대 지난 며칠간 저는 당신이 남긴 낱말들 사이에서 당신의 윤곽을 더듬었습니다. 동그랗게 부푼 에고와, 단단히 멍울 잡힌 외로움. 단면이 보이지 않는 추억과 물기 없이 마른 슬픔. 당신의 성긴 문장을 매만질 때 제게 느껴지는 것들. 당신을 가리고 있는 그 글귀들은 동시에 당신을 드러내는 단서였고, 저는 지난 며칠간 그것들을 따라 당신이 어떤 사람일지를 상상했습니다. 어렵지만 퍽 즐거운 작업이었습니다. 그러나 한편으로는 이런 생각을 하기도 했습니다. 저는 끝내 당신이 누군지 모를 것이라는.

제 오래된 병을 하나 고백할까요.

나신으로 마주해도 살가죽 아래 어둠을 못 보고, 숱한 단어를 외도 마음의 알맞은 발음을 찾지 못하는, 우리는 사실 장님에 벙어리. 흐린 눈으로는 서로를 볼 수 없고 붙은 입술로는 자신을 말할 수 없으니, 다만 맞잡고 더듬는 것이 우리의 최선. 애써도 우리는 누군가의 전부를 올바르게 알 수는 없다는 것. 그나마의 일부도 잘못 읽을 수 있고, 어쩌면 이미 잘못 읽고 있을 수도 있다는 것. 두려워 않고는 대비할 수 없는 슬픔. 그런 것들에 대하여 저는 어쩔 수도 없이, 생각하고 마는 것입니다.

누구도 알아주지 않는 악몽으로 혼자 견뎌야 했던 밤이 많았습니다. 잠을 설친 밤들은 제 키보다 외로움을 먼저 키웠고, 서툰 위로들은 상처를 외려 다시 벌려 놓곤 했습니다. 그럼에도 닮은 누군가의 앞에 서면 저 역시 조야한 위로의 말밖에 건넬 게 없었지요. 서글픈 무력감은 화농으로 고이고 종양으로 퍼져, 이내 어떤 관계를 마주하든 오독과 고독을 앞서 확신하는 것이 저의 고질병이 되었습니다.

답장이 늦었던 이유도 그와 같습니다. 편지를 쓰기 위해 펜을 들 때면 불현듯 발작적인 두려움이 덮쳐왔던 것입니다. 제가 당신이 잘못 읽고 만 환상이라면. 제가 당신을 실망시킨다면. 그런 생각이 마음을 우악스럽게 붙잡고는 저 바닥으로 쿵, 내쳤던 것입니다.

사람들은 가끔 서로에 대해 아무것도 모르면서, 서로에게 기꺼이 속습니다. 그러나 매력이란 서로가 낯설 때만 온전히 기능하는 것. 혹시 당신은 실망할 준비가 이미 되셨나요?

당신은 저의 일기를 사랑한다고 하셨지요. 그러나 그것에 담긴 문장들은 비대한 자의식과, 단 한 번의 연애와, 흔하고 뻔한 불행과, 선천적인 외로움과, 이유가 명확한 열등감에서 자란 것들입니다. 그런 글을 쓰는 저로 말할 것 같으면, 주운 단어를 기워 내는 재주 밖에 없는, 볼품없고 초라한 사람입니다. 이 처량한 자기소개를 적는 일이 제게도 쉬운 것은 아닙니다. 그러나 숨길 수는 없는 것입니다. 당신께 제가 어떤 의미라는 것이 벅차도록 기쁘면서도, 차라리 당신이 제게 아무 기대도 않기를, 하찮고 가엾게 여겨주길 바라는 마음이, 그런 낮고 비굴한 마음이 제게는 있습니다.

그럼에도 불구하고 지금 저는 답장을 적고 있습니다. 당신의 다정함이 짙은 밤마다 얼마나 저를 위로했는지, 당신의 그 두려움 없는 호의가 제 밤을 얼마나 밝혀었는지, 그것만이라도 말씀드리지 않고는 견딜 수 없었기 때문입니다.

조금 더 솔직해도 될까요.

당신이 저를 궁금해한다는 것만으로 저를 다 주어버릴 뻔했습니다. 그리고 사실은 그것이 제일 두려웠습니다. 그럴싸한 단어들을 걷어낸 맨 얼굴을 아신 후에도 당신이 저를 궁금히 여기실 지를, 저는 생각했던 것입니다. 당신의 대답을 듣지 않고도 울어버렸던 것입니다.

이만 줄여야겠습니다. 말이란, 또 글이란 얼마나 구차한 것인지요. 오래 부연하고 길게 묘사할수록 본래의 마음에서 멀어지는 기분입니다. 전해야 할 말은 한 문장으로 족할지 모르겠습니다. 당신의 마음이 소란스러워지는 새벽에 당신이 끌어안을 만한 문장을 쓰고 싶다는 생각을 했습니다. 우울한 자백을 잰 체하는 단어들로 수식하는 게 고작이던 제가 말입니다. 당신께 부끄럽지 않은 글을 쓰겠습니다. 당신께서 저의 밤을 염려하시듯, 저 역시 당신의 밤이 고요하길 바랍니다.

당신의 하루 맞은편에서, 그리움을 담아.

첫 번째 장

답장을 바라지 않습니다
하여 적고도 보내지는 않았습니다
사랑한다는 말을 우리 꼭 입 맞춰 할 필요는 없지요
사랑은 본디 한 사람의 가슴에서 샘솟아
다른 누구에게로 부어지는
일방의 마음
저는 다만 기울어지는 것입니다
당신의 방향으로
답장을 바라지 않습니다
그러나 제가 아주 쓰러질 때에는
당신도 알게 되겠지요
언제나 저의 것, 저만의 것이었던 그
설렘과 비참함
기쁨과 외로움
그리고 서랍 안에 그득한

흉기의 이름은 고독

밤

말하자면,

부치지 않은 편지의 답장을 기다리는 기분.

정인 없는 상사병을 오래 앓은 기분.

밤이면 그런 기분으로 아주 발작을 했다.

누군가 달이 밝다거나 바람이 차다거나 하는

시시한 이유로 불쑥 나의 전화를 울렸으면.

설핏 잠들면 그 정도의 꿈을 꾸다 안타까이 깨었다.

가끔은 절박하게 전화번호부를 뒤졌다.

그러나 늦은 때에 감히 실례해도 좋을 이름은 없고,

나는 더 쓸쓸해졌다.

한 번도 누구한테 사랑한다 말한 적 없으면서

해 지고 어둑한 방에 혼자 누워있노라면
그렇게 외로웠다.
그 주제넘은 외로움으로 자꾸 잠을 설쳤다.
제때 적지 못한 문장들이 캄캄한 천장에 떠올랐다.
나는 그것들을 심장에 칼로 옮겨 새기었다.
하여 건네지 못한 말들은 늘 혼자 아는 흉터로 남았다.
시퍼런 고독과 후회로 밤새 가위눌렸다.
발음 없는 신음만 내다 멀리 동쪽서 어스름 닥쳐오면
간신히 일어나 또 하루를 살았다.

억지로

예에.

당신은 모르셨겠지만,

이 못생기고 더러운 우울이 저의 맨얼굴이에요.

덧바른 웃음이 비바람에 지워지면 가끔은

어쩔 수 없이 울기도 하지요.

좋으실 대로 환멸하셔요.

어차피 당신은 씩씩하고 잘 웃는 저만 예뻐하시잖
아요.

저도 생긋생긋 어여쁘게만 있고 싶지요.

당신 마음에 들 모양으로만 있고 싶어요.

왜 아니겠어요?

당신이 눈썹 한 번 찌푸릴 때마다

그 잘생긴 미간 사이에 마음이 짓이겨져 죽는 저인

걸요.

하지만 날이 흐린 것을 어쩌겠어요.

억수같이 쏟아지는 비를 어쩌겠어요.

오늘같이 하늘 어둑할 때

귓바퀴에 빼곡한 빗방울 소리 세다 보면

왈칵 눈물 치미는 이 천성의 울증을,

전들 대체 어쩌겠어요?

아, 그런데도 매정한 당신은 내게

웃는 얼굴이 더 예쁘다 하시는군요.

귀찮음

고꾸라지는 빗방울에 대해 무슨 거창한 소리를 좀 하려다가 다 지웠습니다. 비도 오고 하니까, 아무 말이나 좀 하겠습니다.

들이쉬고 뱉는 일보다 참는 것이 더 번거로워 아직 멸종하지 않은 것이 아닌가, 싶습니다. 거울 안에 걸린 낯선 이의 우울한 초상을 살피다 보면 문득 그런 생각이 드는 것입니다.

나는 나를 따라하고 있습니다. 어제의 나를 닮기 위하여 오늘의 일과를 다 미루어 놓았습니다. 물론 이 취미의 결과는 언제나 실패입니다. 턱 밑은 틀림없이 거뭇해지고 주름은 집요하게 굵어집니다.

손톱을 물어뜯는 버릇이 있습니다. 혹시 당신을 할퀴게 될까 봐요, 핏방울 찔끔한 손가락을 하고 웃거든 당신은 안아주실까요? 그러지 않기를 바랍니다. 나는 원래 거짓말을 잘하고 가엾이 여겨지기를 즐깁니다.

우울하기, 가 오래된 나의 습관입니다. 차라리 중독이라고 할까요. 신경 끝에 불을 붙여 가장 끔찍한 추억한 모금을 깊게 빨아들였다가 캑캑거리며 뱉습니다. 이러다 죽더라도 고치지 않겠습니다.

가장 위대한 키스는 침묵이라고 믿습니다. 윗입술과 아랫입술의 맞닿음. 사랑받기에 가장 적합한 입맞춤의 방식입니다. 혀들은 좀 못됐잖아요. 내가 보기엔 그것들을 따돌려야 우리 겨우 좀 서로에게 다정해지지 않나 싶습니다.

닦아낼 때 손이 많이 가는 감정은 엎지르지 않기로 했습니다. 손수건을 꺼내는 것도 다 나의 몫이라서요. 축축한 뺨을 덮어주던 어머니의 치맛자락도, 들썩이는 어깨를 붙들어주던 친구들의 손바닥도 이제는 너무 멀리 있잖아요.

부지런한 슬픔만이 말라죽지 않는가 봅니다. 이제는 이런 고백들이 너무 간단합니다. 비오는 날을 위한 플

레이리스트에는 몇 년째 추가된 곡이 없고 게으른 나는 이제 잘 젖지 않습니다.

빗소리에 감출 울음이 없어 아무 말이나 좀 했습니다. 창밖에는 아직도 비가 옵니다.

평화

인사가 뜸했습니다.

저는 울지 않았고 그래서 전할 소식이 없었습니다.

(사실 이파리 위로 미끄러지는 햇살이 눈알을 마구 찌르는 때가, 그래서 새삼 울어버리는 때가 있기는 했습니다. 눈꼬리가 간지러웠지만 눈 밑의 그늘이 짙어서, 문지르면 검정이 묻었습니다. 더러워진 손으로 적는 편지에서는 어쩐지 악취가 났습니다. 해서 그런 편지는 부치지 않고 태웠습니다. 무소식에 대한 미신들을 저도 믿었습니다. 제게 전해지지 않은 모든 소식들을 제가 다행하고 안녕한 나날들일 것이라 믿어버리듯, 제가 숨긴 눈물을 당신들은 웃음이라 믿어주길 바랐습니다. 우리는 안

부를 묻지 않는 습관을 연습해오지 않았습니까? 그러고 돌아와 거울 앞에 서면 재와 검댕이 눈 밑에 내린 것을 발견할 수 있었습니다. 그렇게 어제보다 짙어진 까망이, 부러 눈 감지 않아도 제게 밤을 주었습니다. 가끔은 눈물이 턱 끝에 닿기 전에 그 어둠에 다 삼켜지지 않을까 하는 이상한 희망을 가져보기도 했습니다만……. 아니, 아무것도 아닙니다. 다만 그러한 날들을 보냈습니다. 이 문장들마저 절대로 적어 보내지 않겠습니다. 당신들은 안심하고 저의 고요를 믿어주십시오.)

해서 그저 무탈하다고만 짧게 전합니다.

모쪼록 건강하세요. 또 금방, 찾아뵙겠습니다.

외모

너는 낮은 콧대를 가진 덕으로 겸손하였고, 불거진 광대를 가진 덕으로 웃기를 즐겼고, 작은 눈을 가진 덕으로 슬픔을 쉬이 들키지 않았다. 그러니 네 볼품없는 얼굴은 차라리 축복이었다.

그렇다고, 네가 말했다.

너는 그런 농담을 즐겼다. 유쾌하고 천연덕스럽게, 그 자리의 누구보다 못난 사람이 되기를 자처했다. 그리하여 사람들은 너를 사랑했다. 겸손한 너를, 잘 웃는 너를, 도무지 상처받아본 적 없는 것 같은 너를. 그러나 그들이 너의 낮은 코와 솟은 광대와 조그만 눈을 사랑하는 것은 아니었다.

복도 저편에서 너의 얼굴을 둘러싼 저열한 농담들이 들려왔을 때, 우연히 나는 너와 함께 있었다. 아무개가 무엇을 닮았다느니, 아무개보다는 낫다느니 하는 무례한 문장들이 복도를 가로지르는 중이었고 너의 이름은 그 가운데에 있었다. 우리는 죄라도 지은 사람처럼 들킬까 숨을 죽였다. 그러나 그 목소리들은 기어이 숨은 너를 찾아내어 모욕을 주었다.

사람은 생긴 대로 살아야 해, 멀어지는 목소리들 가운데에 그 한 마디가 들려왔다. 대단한 진리라도 읊는 듯 단호한 그 목소리는 네가 남몰래 좋아하던 남학생의 것이었다. 그는 네가 불쌍하다고 덧붙였다. 나는 삼킨 숨을 다 뱉지 않은 채로, 너를 마주보며 웃었다. 네게는 어쩌면 익숙한 일인지도 모른다고 생각했다. 눈이 마주치자 너 역시 거의 비굴해 보일 정도로 겸손하게 웃어 보였다. 너는 말했다.

— 맞는 말이지, 뭐.

그러나 네 눈의 물기를 숨기는 데에는 실패했다.

나는 몰랐다.

너의 낙천성과 겸양은 폭언과 비웃음 속에서 연마된 것이었다. 너의 상냥함과 단단함은 다만 상처를 오래 견디기 위해 굳세어진 것이었다. 너의 아름다움은 살 갗 아래 묻혀 누구에게도 정당한 평가를 받아본 적이 없 었고, 너는 다만 그런 것들에 이미 익숙해져 있었던 것 이다. 그것이 결코 너의 천성이 아니었다는 것을 몰랐다. 너는 날 때부터 그렇게 씩씩한 아이인 줄만 알았다. 네 눈동자 속의, 오래되어 곪아버린 슬픔을 발견하기 전까 지는 정말 몰랐다.

침묵 끝에 너의 미소가 무너졌다.
너는 손바닥에 얼굴을 묻고, 엉엉 소리 내어 울기 시작했다.

나는 그때 처음으로 너를 동정했다.
네 영혼의 강인함이, 가여워 견딜 수 없었다.

울컥

비가 내려서 적는, 그러나 비와는 별 상관이 없을지
모르는 이야기.

1

죽거든 물 밑에 묻어달라고, 어머니는 문득 생각났
다는 듯이 말씀하셨다. 그게 무슨 청개구리 어미 같은 소
리예요, 아들이 말 안 들을까 봐 그래요? 나는 피식 웃으
며 너스레를 떨었다. 마른 빨래를 개시던 어머니는, 시선
은 옷에 둔 채 엷은 미소를 띠며 답했다.

분명 눈알 밑에 숨기고 또 간장 아래 녹인 슬픔이
죽고 나면 물로 나올 것이라고. 그러니 못자리 망치지 말

고 아예 물 밑에 묻어달라고.

납골당에 자리 알아보려고 했는데 또 어머니 덕에 큰 공사 하게 생겼네. 끝내 농담을 던지는 내게, 데워 봐야 물이 많아 타지도 않을걸, 말씀하시고는 또 빙긋.

2

슬픔은 왜 물이 되나.

불 같은 슬픔이나 벼락 같은, 또 바람 같은 슬픔 따위에 대해 나는 들어본 일이 없다. 슬픔은 꼭, 축축하고 서늘하여 건드리면 젖고 번지는 물로만 그려진다.

왜 슬픔은 그렇게 물과 닮았나.

혹시 우리가 슬플 때 울지 않았다면, 대신 뺨이 붉어지고 열이 오른다든가, 머리끝이 곤두서고 손끝이 저릿했다면 슬픔은 불이나 벼락이었을까.

정말, 왜 하필 물일까.

수도꼭지만 돌려도 흐르고, 변기 레버를 당기면 쏟아지는 것이, 새벽이면 풀에 맺히고 눈 감으면 또록 떨어지는 것이, 의식한 적 없어도 은근하게 땅 밑에 고여 있거나 준비하지 못한 때 느닷없이 하늘서 퍼붓는 것이, 하루하루 들이켜 마시지 않곤 못 살 것이, 이토록 흔하고

또 귀한 것이,

왜 하필 슬픔을 닮아서는.

3

비가 오면 공연히 슬퍼진다.

무작정 그렇다. 물로써 익숙해진 슬픔이라, 물만 보면 치미는 것이다. 훈련받은 개처럼.

지금 창밖에는 비가 내린다.

나는 또 공연히 슬퍼진다. 해서 눅눅한 습기를 술처럼 들이켜고 취하여 쓴다. 온 곳도 없고 갈 곳도 없을 이 슬픔에 대해서 적지 않고는 견딜 수가 없다. 길었던 말들은 다 온 곳을 몰라 설명할 길 없고 갈 곳이 없어 묘사하지도 못할, 이 윤곽 없는 슬픔을 이야기하기 위한 부연이다. 그러나 이 슬픔이 그렇듯, 아무리 각주를 덧붙여 봐야 이 글에는 맥락도 주제도 없다. 이 혼란스러운 글은 차라리 비를 마시고 부리는 주정에 가깝다.

4

슬픔은 왜 물이며, 하늘은 왜 물을 쏟느냔 말이다.

이 밤중에. 또 괜히 울컥하게.

분리

외로움을 등에 이고 다녔다, 달팽이처럼.

그래, 나는 달팽이였다.

스친 옷깃에도 살갗 찢어지는, 이 여린 마음이 지긋지긋해 고독으로 갑피를 지어 입었다.

마음 머물 곳이 없으니 어디든 다녔고 발길 멈추는 데서 눈 붙였다.

언젠가는 혼잣말로, 어쩌면 자유란 외로움과 동의어였다고.

세상의 외곽에서 더딘 걸음을 걸었다.

아무도 눈길 주지 않는 어둡고 습한 곳에 살았다.

밤이면 껍데기 안쪽에 둥글게 몸을 말고, 세상으로부터 자신을 지키고 있노라 스스로에게 속삭였다.

지난 별리와 실연들을 하나하나 되불러 비교할수록 그것은 매혹적인 착각이었다.

외로움은 나의 짐이고 또 집이어서, 괴롭고도 안락하였다.

사실은 알고 있었다.

나의 갑옷, 또 나의 거처는 잠깐의 눈짓과 가벼운 손길에도 무참히 박살날, 연약한 껍질.

걸음을 멈추는 순간 무엇으로부터도 나를 지킬 수 없을 것이다.

그러나 평생 혼자됨으로 상처없이 죽는 꿈을 꾸었다.

사랑하지 않아 아픈 날보다 사랑하여 아픈 날이 훨씬 더 많았으므로.

혼자 남아 눈물 흘리면 그 소금기에 데이고 다치는 달팽이였으므로.

못하는 일

눈물은 나를 버린 지 오래
나도 그것을 위해 울어주지는 않겠다

슬픔의 능력이 무뎌지는 것은
얼마나 다행스러운 병증인가

초점이 맞지 않는 기억을 코 위에 걸치고
들여다본 어제의 날은 흐릿해 이름이 없다
잃고 잊는 일, 그리고 밀려나고 버려지는 일에 대하여
당해도 더는 아프지 않고 저질러도 후회가 없다는 것

군살처럼 붙어있던 우울을 덜어내고
나는 가까스로 정상의 규격에 맞춰진다
문패를 걸어둘까, 기별 없이 찾아와 기약 않고 떠나간
슬픔, 지금은 부재중

그러나 밥이 더 맛있을수록 또 잠이 더 깊어질수록
만년필 안에 넣어둔 눈물이 마르고
문득 밤이 젖어올 때에 나는
취미를 잃은 사람처럼 쓸쓸해진다 이제 울지 않음에

슬픔의 능력이 무뎌지는 것은
얼마나 절망적인 회복인가

그러나 눈물은 나를 버린 지 오래
더는 그것을 위하여 울 수가 없다

두 번째 장

답장을 바라지 않습니다
하여 적고도 보내지는 않았습니다
사랑한다는 말을 우리 꼭 입 맞춰 할 필요는 없지요
사랑은 본디 한 사람의 가슴에서 샘솟아
다른 누구에게로 부어지는
일방의 마음
저는 다만 기울어지는 것입니다
당신의 방향으로
답장을 바라지 않습니다
그러나 제가 아주 쓰러질 때에는
당신도 알게 되겠지요
언제나 저의 것, 저만의 것이었던 그
설렘과 비참함
기쁨과 외로움
그리고 서랍 안에 그득한

부치지 않은 편지

진공

너는 사랑이라고 말해라

저 밤의 하늘을 올려다볼 때에

별과 별 사이에는 숨이 없다더라

실은 숨 비슷한 것도

그래서 뭐

더 좋을 것은 없다 다만

별과 별 사이에서 죽은 사람은 부패하지 않는다거나

별과 별 사이에서 던져진 것들은 정지하지 않는다느니

별과 별 사이에서 뱉어진 말은 전해지지 않는다는

그런

이야기를 들었다

그래 나도 숨을 꼭 참아볼까

했다 어차피

사이를 건너지 못할 거라면

누군가의 죽음을 에둘러

별이 진다고 적은 그

맨 처음의 사람은 혹시

알고 있었나 죽은 것들은 별과 별 사이로 간다는 것을

나는 부패하지 않는 마음과 정지하지 않는 고백과 전

해지지 않는 의미에 대해 생각한다

부러 참지 않아도 이곳에는 벌써 숨이 없다

그래서 뭐

더 좋을 것은 없다 다만

나와 너의 사이에서 질식하는 것을 생각하는 것이다

너는 저 하늘에서 고 좁쌀만한 빛만을 귀히 여기지만

그러고도 그 개수를 세지는 않는다

해서 나는 이제 몰래

별 하나를 지운다

밤이 조금 더 짙어지거든

그것도 너는 사랑이라고 말해라

달

1

파도로 부딪혀 나를 깎아내던 눈물이

너 다가오면 누가 당긴 듯 슬쩍 멀어졌다가

너 떠나면 미뤄둔 빚처럼 왈칵,

다시 밀려와 나를 다 적시더라

환하게 행복할 때는 흐릿해, 찾아도 보이질 않더니

어둑하니 외로울 때는 왜 너만 또렷하다니?

언제나 해죽 웃는 낮, 캄캄한 등 뒤에 상처를 숨겼나

애써도 너의 아픔을 들여다볼 수는 없고

다만 네가 어둠에 삼키어져 야윌 때에는

나의 밤도 따라 짙어진다는 것

아무리 빠른 차를 타고 아무리 멀리 달려도
끝내 너는 나를 쫓아오겠지
도망칠 길이 없어 나는 밤새 네 생각을 할 거고
나는 그런 것들이 가끔 서러워

2
너는 위성의 사랑이 가엾다 말한 적이 있지
어두운 데서 곁을 맴도는 그 마음이 불쌍하다고
그러나 나는 더 가여운 행성의 이름을 알고 있어
보이니, 광막한 암흑 속에 혼자 동그랗게 뜬
저 별이 나야
수십억 년의 울음이 고여 새파란
알고 있니
너는 네 일부를 떼어다 나의 궤도 위에 두었어
네겐 주고 금방 잊은, 잠깐의 호의였는지도
언제나 나의 곁을 네가 맴돈다는 것을 모를지도
그러나 네가 끝내 알아차리지 못한 채 떠난대도
새하얀 얼굴은 남아 내 밤과 바다를 흔들 테고
나는 너를 떼어내지 못할 거야
어쩌면 그게 더 가엾지 않니

그 조그만 것에 통째로 마음 일렁이는 게
어떤 별도 그러한 공전을 허락한 적은 없을 텐데
내 쓸쓸한 밤과 눈물의 바다를 모조리 가진
나의 위성, 너는 모르지
나의 이름을

언제든

　너의 선약 없는 방문을 기대하며 나는 문을 열어놓았다. 아니 차라리 닫지 못했다고 말하는 편이 맞을 것이다. 너는 떠날 때 한 번도 언제 다시 오마고 확약하지 않았으므로.

　열린 문을 바라보는 동안의 내 마음은 철새를 기다리는 강가의 갈대밭과 같았다. 네가 돌아올 즈음이 되면 파스스 말라, 바람 부는 대로 이리저리 흔들렸다. 네게 선물할 통통한 물고기들을 많이도 길러놓았다, 어서 돌아오라. 닿지도 못할 말을 중얼거리는 게 새 버릇이었다. 바람에 갈대 눕는 까닭은 네가 날아올 하늘을 바라보기 위한 것이라는 생각을 했다.

누군가 내게 너의 기다림은 미련하고 한심하다고 말했다. 내가 없으면 너의 돌아갈 곳 어디일까, 나는 괜히 가슴을 부풀리고 그런 말을 했다. 너를 기다리는 이로서의 보잘것없는 자부심이었다. 그 누구는 동정하듯 혀를 찼다. 그런 일을 당하고 온 날에는 으레 하나의 상상을 했다. 닫힌 문 앞에 당황하고 쓸쓸히 떠돌다 죽고 마는 너의 모습을 그리는 것이었다. 그러기를 바라지는 않았으나 그런 꿈이라도 꾸지 않을 때의 나는 너무 비참한 사람이었다. 나는 어쩌면 갈대밭이 아니라 빈 둥지가 아닐까 생각했다.

그래도 나는 너를 기다렸다. 네가 나를 찾은 지 오래되었다. 문은 늘 열려있었다. 겨울이 되어 열린 문으로 북풍이 들이닥쳤다. 나는 얼어 죽어갔다. 너의 방문은 여전히 요원하였다. 그러나 나는 문을 닫지 않았다. 언제 네가 돌아왔을 때 차라리 내 시체를 보길 바랐다.

너는 나를 방문할 수 있었다. 그럴 수도 있었다.

옆

나는 너의 맞은편에서 죽고 싶다.

아니면 너의 두세 발짝 앞에서 등 돌린 채라도 좋다.

한 번이라도 너의 그 뜨거운 눈길을 받고 싶다.

사랑하고 동경하는 K, 나는 네 등을 따라 오래 걸었다.

지난 몇 해간 바쁘게 좇아 마침내 너의 곁에 섰으나, 네 눈은 여전히 저 앞만 내다보고 있다.

먼 길 걷는 네가 외롭지 않은 것은 어쩌면 나의 덕일 텐데, 나는 감히 네게 보상을 바라지 못하고 너는 같이 걷는 이의 이름을 모른다.

나를 반하게 했던 네 치열한 눈빛은 오직 네가 갖지 못한 것들, 혹은 네게 맞부딪쳐 오는 것들만을 위한 것이다. 그러나 나는 네가 정복하고 싶을 만큼 매혹적이지도, 너의 적이 될 만큼 모질지도 않다.

해서 나는 너의 친구일 뿐이다.

너의 왼편에서 걸으며 나는 너의 눈길을 기다린다.

물론 너의 왼눈과 왼뺨과 왼손만 알고 살아도 나는 좋다. 너는 그 절반만으로도 사랑스러우니까.

그러나 한 번은. 한 번쯤은. 너의 시선을 갖고 싶다. 온전히 나를 바라보는 너의 꿈을 꾼다.

아아, 이 가엾은 바람.

나는 너의 맞은편에서 죽고 싶다.

아니면 너의 두세 발짝 앞에서 등 돌린 채라도 좋다.

우정

바람이 많은 날 사랑에 빠졌습니다.

이런 식으로 첫 줄을 적는 건 어떨까요.

물론 당신은 우리 이야기의 끝을 알고 계시지요. 그러나 저는 이 첫 문장에 공을 들일 수밖에 없답니다. 제가 이 이야기를 당신께 들려드리고 나면, 당신은 우리의 끝이 아닌 이, 제 첫마디의 마음으로 우리의 이야기를 간직하게 되리라는 것을 알고 있기 때문이에요.

당신은 언제나 책의 첫 문장을 몇 번이고 되읊는 분이시지요. 갓 태어난 이야기의 첫울음. 당신은 그 울음소리만 듣고도 이 이야기가 얼마나 풍요롭고 건강하게 자랄지 알 수 있다고 말하시곤 했어요. 그러니 저는 이 첫 문장에 최선을 다해야만 해요. 당신께서 오래 품어도 거슬리지 않을, 모나지 않고 어여쁜 문장을 써야 하지요. 실은 당신의 독서 습관에 핑계를 돌리지 않더라도, 저에게는 이 첫 문장에 공을 들일 이유가 있지요. 저의 외롭고 초라한 사랑을 아는 당신, 그러나 당신은 이 이야기의 처음을 모르시니까요. 네. 저는 당신께 제 마음의 시작부터 낱낱이 말씀드릴 생각이에요. 그건 그저 당신이 다 모르는 제 사랑을 당신께 알리고 싶은 이기심이에요. 알아도 상냥한 당신은 못된 저의 사랑을 읽고 마시겠지요. 그러니 읽기 좋은 말로 볼품없는 제 첫 마음을 꾸미기라도 하는 것이, 당신께 보일 최소한의 예의라고 생각했어요.

이런, 서론이 길었군요.

바람이 많은 날 사랑에 빠졌습니다.

바람이 가지마다 걸려, 제 지나간 흔적을 요란히 과시하던 어느 날이었지요. 아마 당신께는 유월의 어느 이름 없는 하루에 불과하겠지만, 제게는 선명하게 남아있는 기억이에요. 바람 덕에 퍽 시원한 초여름이었습니다. 그때 저는 교정의 커다란 나무 밑 벤치에 앉아, 그 시절 즐겨 읽던 시집 한 권을 무릎에 올려두고 있었어요. 네. 올려두고만 있었지요. 바람이 멋대로 못다 읽은 페이지를 넘겨대는 통에 독서는 그만 포기해버렸어요. 대신 저는 머리 위 플라타너스의 그림자 속을 들여다보고 있었어요. 벤치에 등을 대고 고개를 뒤로 젖힌 채 눈을 가늘게 뜨고 있노라면, 바람이 잎들을 흔들 때마다 어둑한 나무 그늘 사이로 햇살이 번쩍번쩍. 그 녹색의 번개에 마음을 빼앗겨 한참을 그러고 있었지요.

— 뭐하냐?

퉁명스러운 목소리. 당신이었어요.

— 좋은 책 읽네.

당신과는 말을 몇 번 섞어본 적이 없었어요. 이제와 고백하자면 그때는 당신의 이름조차 쉬이 떠오르지 않았습니다. 그러나,

— 나도 좋아해, 이 사람.

시인의 이름을 가리키며 빙긋 웃는 당신.

어떻게 사람의 마음이란 그리도 간단하게 흔들리고 마는 것일까요?

누군가를 사랑하게 되는 일에는 훨씬 더 극적인 상황과 대단한 이유가 있어야 할 것이라고 생각했었는데요. 네. 그때 저는 당신을 사랑하게 되었어요.

우스운가요? 그러나 이것이 저의 처음이었어요.

이후로 오랫동안 마음에 바람이 불었지요. 당신이 의미 없이 뱉은 말과 건넨 손길에 와들와들 떨고 부르르 떨리고 했었지요. 당신은 그 청량한 웃음으로 저의 눅눅한 낙엽을 쓸어 보내는가 하면 싸늘한 눈길로 꽃잎 죄다 떨어트리기도 하셨지요. 네. 당신이 아시기 훨씬 전부터 당신은 저를 지배하고 계셨답니다. 저의 모두를 가지고도 언제나 불어 떠나는 나의 왕, 나의 바람.

적어놓고 보니 그야말로 보잘것없는 이야기로군요.

당신이라면 이 이야기의 처음을 어떻게 적으실까요. 당신이 제 마음을 어떻게 처음 알게 되셨을지 저는 늘 궁금했어요. 그러나 묻지는 못했지요.

술에 취해 자꾸 당신께 전화를 거는 제 버릇으로, 아니면 유난히 당신 앞에서 말을 더듬는 저의 굳은 혀로, 그도 아니면 친구들 사이 들리는 소문으로 아셨을까요?

궁금해도 묻지 못한 까닭은, 그것이 이미 의미를 잃은 질문이기 때문이지요. 당신은 오래전에 제게 물으셨잖아요.

— 너, 나 좋아하니?

한 번도 소리 내어 말한 적 없는 마음을 당신은 대체 어찌 아셨을까요. 어떤 마음은 숨겨도 그렇게 표가 나는가요. 달아오른 얼굴로 벙어리가 된 제 앞에서 당신은 곤란한 얼굴로 웃으셨어요.

— 미안해. 달리 좋아하는 사람이 있어.

당신은 하지 않아도 좋을 사과를 하셨고 저는 다만 고개를 끄덕였지요. 그때 저는 울었던가요, 웃었던가요. 들켜버린 짝사랑은 그렇게 비참하고, 또 한편으로는 후련하더군요.

그 후로 오랫동안 당신은 제게 친절하셨어요. 제 안에 부는 바람은 그치질 않았고, 저는 당신의 상냥함이 동정이나 배려임을 알면서도 일말의 애정이기를 희망하며 곁에 머물렀지요. 당신의 다정한 눈빛 속의 안타까움과 미안함을 읽을 때면, 몇 번이나 그만하면 되었다고 말해주고 싶었어요. 하지만 당신의 친절마저 거절한다면 우리가 대체 어떻게 되어버릴지 겁이 나 그러지 못했답니다. 울며 당신의 소매를 붙잡던 저를 차마 뿌리치지 못하는 당신. 도무지 모질지 못한 당신.

당신이 알기 훨씬 전부터 오래 당신을 사랑했어요. 그러나 당신은 저를 사랑하지 않으시지요. 당신이 제게 친절할 때마다 저는 그 엄혹한 사실을 가슴으로 느끼었어요. 모르셨겠지만, 그 시절에 저는 당신과 메신저로 시답잖은 이야기를 나누다가, 혹은 당신이 들어있는 단체 사진을 보다가 자주 울곤 했어요. 으레 슬픔은 눈물 따라 흘러 나가버리던데, 울어도 울어도 왜 그 마음은 마르지 않았을까요.

당신께 당신이 사랑하지 않는 어떤 이로 남느니 차라리 친구이고 싶었어요. 그러려면 당신을 사랑하지 않는 체해야 했지요.

몇 년이 지나 당신의 새 연인을 두어 번 정도, 무람없는 얼굴로 축복해준 뒤에야 저는 도로 당신의 친구가 되었지요. 당신을 홀로 사랑하는 가엾은 아이가 아니라 그냥 친구 말이에요. 아아, 당신은 제게 한 번도 그냥 친구인 적이 없었는데요. 짝사랑은 그렇게 불공평한 법이지요.

어찌 되었든 당신의 말투는 다시 무뚝뚝해졌고, 저는 그것이 좋았어요. 아마 눈치 빠른 당신도 여태 제가 당신을 사랑했다는 것은 차마 모르셨을 거예요. 약한 동물들이 살아남고자 제 몸의 색을 바꾸듯이, 저는 당신의 곁에 남기 위해 마음을 잘 감추어 숨기는 방법을 익혔거든요.

그리하여 어제까지 다시 몇 년간, 우리는 좋은 친구

였지요. 적어도 당신께는요.

어제 당신은 청첩장을 건네셨지요. 아, 이런 날이 올 줄을 미련한 저는 정말 몰랐을까요? 왜 진작 대비하지 못했을까요. 마음을 여며두고 단단한 가면을 미리 준비했더라면, 당신께 전할 축사 한마디를 일찍 적어두었더라면!

후회해도 이제는 소용없지요. 청첩장을 받아 드는 제 손이 덜덜 떠는 것을, 저는 꼭 남의 일처럼 보았어요. 그러다 당신과 눈이 마주쳤을 때, 당신 눈에 어리는 그 당혹감. 아마 하얗게 질린 저의 얼굴을 보셨겠지요. 아, 그렇게 저는 또, 마음을 들키었어요. 놀란 당신을 보자 왈칵 눈물이 터졌지요. 어쩔 줄 몰라하는 당신께 경련하는 입꼬리를 끌어올려 아무것도 아니라고 말했지만, 당신이 믿으셨을까요?

도망치듯 자리를 떠나 죽은 사람처럼 눈을 붙였습니다. 자고 일어나니 휴대전화에 당신의 전화를 알리는 부재중 착신 알림이 한 건 있더군요. 괜찮냐, 하는, 참으로 당신다운 메시지도 한 통.

저는 당신께 전화를 거는 대신 이 편지를 적었어요.

네. 이렇게 당신을 사랑했어요. 그러나 이제 저의

마음은 아무것도 아니어요. 상냥한 당신. 당신은 더 친절하실 필요가 없어요. 그만하면 되었습니다. 추억하기에 모자람 없는 날들을 제게 주서서 고마워요.

여기 적힌 이야기는 내일부터는 모두 지나간 일들이고, 저의 마음은 이제 없는 것이어요. 그저 그런 사랑이, 한때는 있었다는 것뿐이에요. 가슴에 묻는 게 나을 이 이야기를 굳이 하는 것은 당신께 흔적이라도 남기고 싶은 제 마지막 이기심이에요.

첫 문장을 오래 품는 당신. 부디 볼품없이 떨던 어제의 제가 아닌, 바람 많은 날 사랑에 빠진 저를 기억해주세요. 친구인 척 당신을 맴돌던 교활한 짝사랑 대신, 같은 시인을 좋아함으로 쉽게 당신께 바친 순진한 첫 마음을 기억해주세요. 이 기나긴 편지의 내용이란, 그게 다예요.

어쩜 오늘도 바람이 많아요. 요사이 유난히 바람이 차더니 오늘은 서풍이 좀 따뜻하네요. 이 계절 지나고 바람 향하는 곳 바뀌면 당신을 아주 잊을게요. 당신의 상냥함으로 그간 염치없이 행복했어요.

당신도 꼭 행복하세요.

행복하세요.

우연

1

우연, 이라는 단어를 마주하면 언제나 그 애가 떠오른다. 더구나 그 단어를 마주한 날이 마침 5월 14일 근처라도 되면, 그때는 떠올리는 것에서 그치지 않고 이야기를 해야 한다. 누구라도 붙들고 나와 그 소녀의 삶이 교차했던 그 희한한 순간들에 대해 털어놔야만 속이 후련해지는 것이다.

물론 누군가에게는 시시한 어린 시절 풋사랑 이야기에 불과할 지 모른다. 이건 길고, 지루하고, 이제는 그 모든 세부사항이 가물가물해진 데다가, 아무런 결말도 갖지 못해 술자리 잡담에도 어울리지 않을 이야기인 것이 사실이다.

그러나 그 애. 나의 소년기를 함께했던 숱한 이들 중 가장 신비로운 방식으로 마주치고 멀어졌던, 해서 내가 운명과 인연 따위의 로맨틱한 환상을 주워섬길 때 기억을 헤집어 지명할 수밖에 없는 아이.

2

그 애를 처음 만난 건 초등학교 6학년 때였다. 아니, 5학년이었나? 어쨌든.

어린 시절의 나로 말할 것 같으면, 반에서 손꼽히는 우등생이자 책벌레면서, 한편으로는 극성맞은 데가 있어 아이들 앞에 나서 곧잘 까불어대는 녀석이기도 했다. 지금이야 방 안에 틀어박혀 우울한 글이나 써내는 칙칙한 인간이지만, 그때는 그랬다. 사춘기를 다 앓아내기 전까지는 학급 위원을 맡거나, 장기 자랑에 나서거나, 교내 행사의 사회도 보는 일도 곧잘 있었고, 무엇보다 관심을 끄는 일을 좋아했다.

그리고 같은 반에 그 애가 있었다. 조용하고 차분한 (나를 꼭 뒤집어 놓는다면 그 정도였을 것이다), 언제나 볼을 빨갛게 물들이고 있던 소녀.

덥건 춥건 사철 불그스름한 그 뺨이 부끄럼은 많고 말수는 적은 그 애에게 퍽 잘 어울리는 특징이긴 했지만, 그 뺨의 붉기는 틀림없이 안면홍조증이었다. 짓궂고 무례한 소년 H(물론 나다)는 신문 의료기사에서 안면홍조증이라는 단어와 그 증세를 알아내곤 그것을 오려다 그 애에게 선물한 적도 있다. 악의는 없었다. 없었나? 어쨌든.

아무튼, 당시의 우리에겐 별다른 접점이 없었다. 몇 번 장난을 건 적은 있었지만 그 뿐, 특별히 말을 길게 섞어본 적도 없다. 농담을 하거나 얼굴을 일그러트리며 웃기려 들어도 그 애는 그저 소리 없는 미소만을 살짝 비추고 말았기 때문이다. 영 재미가 없는 상대였다.

그때까지 내게 그 애는 옅은 인상의 클래스메이트 중 하나였고, 별달리 의식해 본 적은 없었다.

3

내가 그 애를 특별히 기억하게 된 것은 6학년 때 열렸던 경기도 도지사배 백일장 때문이었다. 나와 그 애가 학교 대표로 나란히 뽑힌 것이었다.

나는 운문 분야의 학교 대표였다. 유치원 때부터 시

비슷한 것을 적어오던 나는 당시 학교에서 열린 글짓기 대회마다 참가해 못해도 장려상은 입상을 해왔던 터였다. 덕분에 어린아이 특유의 오만함으로 가득했다. 도 대회 출전은 아주 대단한 일이라는 선생님의 칭찬에도 아무렴, 나는 글을 잘 쓰는 걸, 같은 생각을 했던 것으로 기억한다. 학교 대표를 뽑는다면 내가 되는 것이 당연하다고 생각했던 것이다.

산문 대표가 그 애라는 건 의외였다. 나는 그 애가 글을 쓴다는 것도 몰랐다. 아마 그 애도 그렇지 않았을까?

어느 볕 좋은 토요일, 행주산성의 잔디밭에서 우리는 200자 원고지를 한 권 받아 행주대첩을 주제로 글을 썼다. 이미 학교 대표로 뽑힌 시점에서 입상은 확정인 대회였다. 그럼에도 나는 그 애에게 묘한 경쟁심을 느꼈다. 글쎄, 그랬던 것 같다. 내 원고지를 그 애의 시선으로부터 슬쩍 숨기고 썼던 기억이 남아있는 걸 보면 말이다. 그날이 아마 그 애랑 가장 오래 대화해 본 날이었을 텐데, 무슨 이야기를 했었는지는 전혀 기억이 나지 않는다. 그 대회에서 나는 우수상을, 그 아이는 최우수상을 받았다. 아니, 나는 장려상이었던가? 어쨌든.

내가 그 애를 보다 명확히 의식하게 된 계기가 하나 더 있다. 졸업식을 앞두고 있던 어느 날이었다. 담임 선생님이 그동안 받은 상장들에 점수를 매겨 제출하라고 했다. 교내 대회의 상은 장당 1점, 시 대회는 3점, 도 대회는 5점, 그런 식이었다. 나는 집에 돌아와 어머니가 모아 놓은 상장들을 셌다. 다소 의기양양하게. 정확히 기억한다는 게 조금 부끄럽긴 하지만, 내 점수는 57점이었다. 대부분의 아이들은 20점도 되지 않았다. 개근상 1점이 고작인 애들도 많았다. 그런데 맙소사, 그 애의 점수는 100점이 넘었다. 도대체 무슨 상을 언제 받았는지 알 수가 없었다. 알고 보니 그 해의 기말고사도 평균 94점으로 내가 2등이었다. 그 애는 평균 97점이었고!

충격을 받고 콧대가 한풀 꺾였다거나, 그 애를 시기하게 되었다거나 그러지는 않았다. 오만하긴 했지만 내가 세상에서 제일 잘난 인간이 아니라는 사실 정도는 일찌감치 알고 있었고, 애당초 어린 내게 성적과 상장들은 부모님의 칭찬을 받기 위한 노력의 부산물일 뿐 특별한 의미가 있는 게 아니었기 때문이다. 단지 함께 글을 썼던 그 어느 토요일처럼 은근한 경쟁심을 느끼기는 했다. 그러나 그것 역시 어떤 열렬한 투쟁의 심리라기보다는 처음 보는 것에 대한 경계심에 가까웠다. 나만큼 잘난, 어쩌면 나보다 잘난 아이라니, 이 조용한 소녀가? 나는 그 우수함에 대한 놀라움으로 그 애를 기억했다.

내가 그 시절의 그 애에 대해 기억하는 것이라곤 오직 그 우수함뿐이었다. 어찌 되었든, 그 애가 낯모르는 옆 반의 아이였다면 나는 그 애가 얼마나 잘났건 그 애를 평생 기억할 일이 없었을 것이고, 내가 딱 그 애 다음의 2등이 아니었다면 의식조차 않았을 것이다.

그게 우리 사이의 첫 번째 우연이었다.

억지스럽다고? 아무렴.

4

그 애를 다시 마주친 건 중학교 2학년 때였다.

참, 그 이전의 이야기를 조금 더 해두어야겠다.

열세 살의 겨울, 내 가장 큰 고민은 어떤 중학교를 가느냐, 하는 것이었다. 그 시절 내가 좋아하고 있던, 얼굴이 길쭉하고 성격이 활달하던 여자아이가 우리 집에서 가장 먼 ㅂ중학교로 진학하기를 희망하고 있었기 때문이다. 나를 좋아해주던, 얼굴이 희고 성격이 털털하던 아이도! 당연히 나도 ㅂ중학교에 가고 싶었다.

그러나 중학생의 세상은 작다. 작아서 넓다. 걸어서 이십 분이나 걸리는 ㅂ중학교는, 열네 살의 내겐 세계의 끝자락에 대롱대롱 매달린 다른 나라나 마찬가지였다. 나는 어쩔 수 없이 집 앞의 ㅎ중학교를 1지망으로 적어 진학했다.

그 애? 어디를 갔든지 알 게 뭐람. 정말 관심이 없었다. 내 6학년 졸업 즈음의 기억은 중학교 진학에 대한 고민과 얼굴이 길쭉한 여자애에게 졸업식 날 24,000원짜리(엄청난 거금이었다!) 곰 인형을 선물한 것으로 꽉 차 있다. 졸업식 내내 '장거리 연애는 힘들겠지만 그래도 고백을 할까?' 따위를 고민하느라 나는 울지도 않았다.

중학생이 되고부터는 줄곧 바빴다. 특목고 입시 준비를 하게 되었기 때문이다. 학교, 집, 학원, 집. 여섯 시간 넘게 자본 일이 없었다. 내게 허락된 유일한 여가활동은 등하교 시간에 단짝과 수다를 떠는 것뿐이었다. 그런데 2학년이 되면서 그 유일한 여가활동에도 문제가 하나 생겼다. 등하교를 같이하던 건너편 집의 단짝과 반이 달라진 것이었다. 어쩔 수 없이 우리는, 누구든 먼저 종례를 마치는 쪽이 상대의 반 앞에서 기다렸다 하교하는 것을 새로운 규칙으로 삼았다. 뛰면 삼 분이면 도착할 거리의 집까지 함께 가기 위해 우리는 꿋꿋이 서로를 기다렸다. 열다섯 살의 의리란 그렇게 굳건한 것이었다.

이제와 생각해보면 그건 내게 불리한 계약이었는데, 까까머리 내 친구의 담임은 경력이 오래된 남자 체육교사로, 걸핏하면 학습태도 불량을 들먹이며 종례시간을 늘리기로 유명한 인물이었기 때문이다. 그 악명은 과연 과장된 데가 없어서, 나는 매일 친구네 교실의 창틀에 매달려 못해도 십 분씩은 그 안을 들여다보고 있어야 했다. 몇 주가 지나니 말도 섞어 본 적 없는 15반(나는 12반이었다) 아이들의 면면이 친숙해져 무심코 인사를 건넬 판이었다. 물론 걔네들은 나를 전혀 알아보지 못했겠지만 말이다. 한눈을 팔면 오 분씩 종례시간을 늘리겠다는 담임의 엄포에 그 반 아이들은 종례 내내 그 선생의 얼굴만을 주시하고 있었으니. 사실은 내가 볼 수 있는 것도 그들 얼굴의 오른편 반쪽이 다였다.

그리고 그 애가 거기 있었다.

새 학기가 시작되고 얼마 지나지 않은 봄날이었겠지. 나는 여느 때처럼 15반 창틀에 매달려 낯선 애들의 얼굴을 훑고 있었다. 그러다 문득 낯익은 얼굴 하나를 찾아냈다. 볼 수 있는 게 얼굴 반쪽뿐이었던 탓에 그때까지는 미처 몰랐는데, 아마 그 애인 거 같았다. 조용하고 볼이 빨간, 영리하고 글을 잘 쓰는 소녀. 그 애가 맞나, 좀 더 자세히 보려고 눈을 가늘게 좁히던 그때, 그 애가 갑자기 고개를 돌렸다.

눈이 마주쳤다. 두 번째 우연이었다.

이유도 없이 당황해서, 나는 손을 들었다. 그 애가 같은 학교인지도 모르고 있었다. 알았대도 그렇게 친한 사이는 아니었으니 다른 데서 마주쳤다면 모른 체 지나쳤을지도 모른다. 그러나 그때 나는 반사적으로 안녕, 어색한 손인사를 보냈고, 그 애도 내게 손을 흔들어 주었다. 배시시, 웃으며.

난데없이 사랑에 빠졌다.

그 미소.

와, 그렇게 예쁘게 웃는 사람을 본 건 처음이었다. 고백컨대 나는 지금까지도 누군가에게 덜컥 반해본 적이 없다. 적어도 영화처럼 '사랑에 빠지는 순간'을 명확하게 느껴본 적은 없다. 그 애가 내게 마주 손을 흔들어줬던, 바로 그때를 제외하면 말이다.

누군가에게 마음을 빼앗기는 순간. 세계의 속도가 잠깐 느려지고 조도가 높아지는 느낌. 눈앞의 이 사람을 아주 많이 좋아하게 되리라는, 나른한 확신.

철부지 열다섯의 풋사랑에 암만 미사여구를 갖다 대봤자 유치할 따름이라고? 아무렴.

5

문제는 내가 그때 내 친구와 잠시 사귀다 헤어진 13반의 여자애를 좋아하고 있었으며, 그 문제에 대해 친구와 담판을 치른 지 얼마 되지 않은 시점이었단 것이었다.

젠장.

당시 나는 떡 줄 놈의 의향을 고려치 않는 김칫국 들이마시기의 달인이었으므로(실은 그 이후로도 오랫동안 그러했다), 그날부터 혼자만의 고민에 빠져들었다.

13반의 소녀 박과 배시시 웃는 그 애, 둘 중 누구를 좋아해야 한단 말인가?

며칠을 앓다가, 결국 나는 하교 중에 그 애와 같은 반인 단짝에게 고민을 털어놓았다. 나, 그 애한테 반한 것 같아.

친구는 낄낄거리며 말했다.

— 걔, 캐나다로 유학 간다던데? 1학기 마치기 전에.

맙소사.

친구는 그 애의 메일 주소를 일러줬다. 외국에 가더라도 연락하고 지내라며 담임이 칠판에 적어준 것이라고 했다. 나는 그것을 받아 적었다.

「******514@*****.com」

5월 14일. 그게 그 애의 생일이었다. 기억력이 나쁜 내가 그 애의 생일을 아직까지 기억하는 이유 중 하나다.

3주 뒤 그 애는 캐나다로 떠났다. 나는 메일을 쓸까 말까 고민하다 13반의 박과 영화를 한 편 보았고, 어영부영 연애 비슷한 걸 하다가 흐지부지 끝냈다. 이후로도 한두 명에게 더 집적대다가 나는 고등학생이 되었다. 그 일 년 반 사이에 가끔 그 애에게 쓸 메일을 구상하긴 했으나, 끝내 단 한 통의 메일도 보내지 못했다.

6

고교 입시에는 성공했다. 외국어 고등학교의 일과는 틈 없이 촘촘하게 짜여 있었다. 7시 등교, 11시 하교.

편의점 이름을 보다가 문득 결정한 것 같은 성의 없는 시간표를, 교장은 우리 학교만의 커리큘럼이라며 떠들었다. 그 잘난 커리큘럼에 따라 나는 매일 열여섯 시간을 학교에서 보냈다. 아니, 더 엄밀히 말하면 이십사 시간이었다. 나는 주소지를 속이고 인원 제한이 있는 기숙사에 입소한 상태였으므로.

집보다 학교가 익숙해지는 데는 오랜 시간이 필요치 않았다. 그러나 익숙해질 뿐이었다. 하루 세 끼를 같이 먹고, 누구와도 3m 이상 떨어져 있기 힘든 교실에서 아침부터 밤까지를 보내며, 하교 후에도 친구들과 함께 씻고 잠을 자야 하는 곳. 사춘기의 나에겐 학교가 사람들로부터 도무지 멀어질 수 없는 관계의 지옥이었다.

적응할 수 없었다거나 괴롭기만 했다는 것은 아니다. 나는 곧잘 무리의 가운데서 웃고 떠들었으며, 주변으로부터 과분한 사랑을 받았다. 명문대 진학이 지상과제인 아이들 사이에서 작가를 장래희망으로 삼은 소년은 눈길을 사기에 충분히 특이한 존재였고, 부모님의 시야를 벗어나자마자 공부를 팽개친 아이를 경쟁상대로 생각하는 이는 아무도 없었다. 대부분의 아이들이 나를 좋아했다. 나 역시 그들의 관심과 호의를 마다하지 않았다.

조용하고 숫기 없는 소년부터 샘이 많고 목소리가 큰 소녀까지 내 곁에 와 농담을 나누고 고민을 털어놓았다.

그 시절의 나는 관계들이 겹쳐지는 그 한 가운데에 있었고, 그 자리를 사랑했다. 지금도 얼마든 말할 수 있다. 열일곱의 그 나날들이 내 생애 가장 황금 같은 시간이었다고. 그러나 함께 나눈 그 모든 웃음과 기쁨에도 불구하고, 어쩔 수 없이 그것이 지옥으로 느껴지는 때가 있었던 것이다.

제 몸이 자라는 속도를 모르는 아기가 곧잘 넘어지고 부딪히듯, 그때의 나는 자주 다치고 앓았다.

무던하고 잘 웃는, 또 사람을 좋아하고 쉽게 사랑에 빠지는 내 얼굴 아래에서 글을 쓰는 자아, 예민한 자의식이 조금씩 몸집을 불리고 있었기 때문이다. 모르는 새 부풀어 오른 자의식의 몸피를, 나는 관계 사이에서 치이고 멍드는 것으로 겨우 알아가는 중이었다. 그리고 바로 그 사춘의 시절에 첫사랑이 시작되었다. 고교 1학년이었다.

나는 자신을 온전히 첫사랑과의 관계에 쏟았다.

내가 그때 깨달은 바 : 사랑은 거울이다. 우리는 사랑의 형태와 방식을 통해 자신의 진짜 모습을 비춰볼 수 있다.

첫 연애, 내 어설프고 추레한 사랑. 나는 그릇된 사랑의 방식으로 스스로를 자주 찔렀고, 그보다 훨씬 더 많이 상대를 괴롭혔다. 그 사랑은 자의식의 수치스러운 나신을 낱낱이 비추었다. 나는 생전 직시한 적 없던 자신의 모습을 사랑을 통해 처음 마주했다. 내 선천적인 쾌활함과 출처불명의 외로움 사이의 괴리를 읽었고, 의식하기 전엔 아프지도 않았던 상처들을 얻기도 했다. 올바르게 사랑하지 못하는 스스로를 미워하기 시작하게 된 것도 그때부터였다.

연애가 끝난 뒤에도 사랑은 남았으므로, 그 후로도 오랫동안 나는 그것에 비친 내 흉악한 몰골로부터 눈을 돌리지 못했다. 사실 지금까지도 나는 첫 실연의 상흔을 다 벗지 못했고 그때 하던 고민을 여태 한다. 첫사랑 그 소녀를 못 잊는 게 아니라, 첫 실연과 같은 패턴으로 번번이 사랑에 실패하고 마는 나의 뒤틀린 자아를 다 고치지 못해서 그렇다.

아무튼, 중요한 건 사춘기의 내가 관계 안에서 얻는 상처로 스스로를 인식하는 소년이었다는 것, 그리고 그 상처 중 첫사랑이 내게 준 것이 가장 깊었다는 것이다. 열일곱의 나는 그렇게 유난스러운 성장통을 앓았다.

볼이 빨간 그 애는 어떻게 되었느냐고?

모르지. 다만 가끔씩 그 애의 생각을 했다.

'이렇게 아프고 부끄러운 연애가 아니라 영화처럼 로맨틱한 연애를 할 수 있었다면.' 그런 공상을 할 때 나는 문득 그 애에게 보내지 못한 메일을 떠올리곤 했다. 고작 열일곱의 연애를 아무리 수사해봤자 얼뜨기 풋사랑인데, 낯 뜨겁지 않냐고? 아무렴.

7

그 애를 또다시 만난 건 고교 2학년 때였다.

보다 정확히는, 1학년의 마지막 겨울방학 때였다. 우리 학교는 형식적인 방학식만 치를 뿐 그 다음 날에도 등교해 보충수업을 받아야 했다. 방학 중간의 일주일만이 '진짜' 방학이었고, 나머지는 사실상 학기의 연속이었다. 방학 중 수업 때에는 야간자율학습이 생략되었지만, 그 시간도 다들 학원이다 뭐다 바빴다.

해서 1학년 종업식을 마치고, 또 해가 바뀌고도, 나는 1학년 5반에 매일같이 등교를 했다. 겨울방학 중 실제로 등교를 않는 일주일(이런 멍청한 표현 외에는 도대체 설명이 불가능한 시스템이다) 동안 나는 첫사랑에게

차였다. 금요일이었나, 전화로 눈물의 이별을 통보받은 다음날 나는 바로 첫사랑의 집 앞에 찾아가 이런저런 이야기를 나누었다. 그날의 분위기는 분명 나쁘지 않았는데, 정작 월요일에 다시 교실에서 마주친 그녀는 쌀쌀맞았다. 나는 그 사실에 적잖이 낙담했지만, 그 시점에서는 아직 별 근거 없는 희망이 남아있었으므로 아주 무너지지는 않았다. 어쨌든 나로서는 우울한 월요일이었다.

그 월요일, 방학 중의 방학(그래, 이렇게 부르기로 하자)이 끝나고 돌아온 첫 등교일에, 잔뜩 주눅이 든 내가 책상에 엎드려 첫사랑의 옆얼굴을 처량하게 훔쳐보고 있는데, 조례를 위해 들어온 담임 선생님의 뒤를 낯익은 얼굴이 좇아 들어왔다.

여전히 발그스름한 볼. 예쁘지는 않지만 상냥해 보이는 얼굴. 그 애였다. 캐나다로 유학을 떠났던 아이가, 숱한 공립 고등학교 중 우리 학교로, 그것도 내가 있는 우리 반으로. 내가 한때 덜컥 사랑에 빠졌던 그 소녀가!

나는 무심코 그 애의 이름을 소리 내어 불렀다. 그 애는 나를 보며 예의 웃음을 배시시. 의아해하는 선생님과 급우들 앞에서, 나는 나와 그 애 사이의 초라한 인연에 대해 설명했다. 물론 내가 그 애의 미소에 반했었다는 이야기는 빼두고. 짓궂은 친구 녀석이 같이 앉으라며 자리를 비켜주었고(그러잖아도 그놈을 쫓아내고 싶었다), 그 애는 내 옆에 와서 앉았다. 이미 길거리에서 다른 중학교 동창을 만난 적이 있어, 내가 이 반에 있다는 걸 알고 있었다고 했다. 어색한 인사를 나누며, 나는 속으로 이 한 줄짜리 문장을 반복해서 외쳤다.

'젠장, 메일을 보냈어야 했는데!'

이게 세 번째 우연이었다. 이쯤 되면 운명이라 말해도 괜찮지 않을까? 아무렴.

8

정말이지 우연히도, 얼마 지나지 않아 내가 지역 센터에서 하던 영어교육 봉사활동에 공석이 생겼다. 내 파트너가 그만두게 된 탓이었다. 나는 그 애에게 그 자리를 권했다. 덕분에 수요일마다 나는 그 애와 단 둘이 지역 센터로 아홉 살짜리 꼬마들에게 영어를 가르치러 다녔다. 학교를 벗어나는 버스 안에서 나는 중학교 때 그 애의 미소에 반했던 순간을 에둘러 설명하기도 했다.

그러나 빌어먹을 타이밍. 그 시절의 나는 전술한 첫사랑의 슬픔과 그로 인한 자기혐오 속에서 통 벗어나질 못했다. 추하고 약한 나로서는 '감히' 그 애를 좋아할 수가 없었다. 게다가 그 애의 새로운 단짝은 하필 내 첫사랑이었다. 둘 다 착하고 조용한 성격이니 죽이 잘 맞은 모양이었다. 이것도 우연일까?

어쨌든, 그 애는 내가 다가설 수 없는 위치에 서게 되었다. 도의적인 부분도 그렇거니와, 내 추함과 약함을 누구보다도 확실하게 증언할 사람이 그 애의 측근이 된 셈이었으니 말이다. 가망이 없어 보였다.

또 다른 우연 하나. 그 애와 나는 2학년, 3학년 때도 같은 반이 되었다. 이게 말이 되나?

또 다른 우연 하나. 내 첫사랑도 마찬가지였다. 정말이지, 이게 말이 되냐고.

결국 내 첫사랑과 그 애는 나란히 E 여대를 갔다. 들리는 바로는 대학교에서까지 등하교를 같이 했단다.

젠장.

10

졸업식 이후로는 그 애와 자연스레 연락이 끊겼다. 스물둘의 여름에 내가 그 애에게 전화를 걸기 전까지는. 그러고 보니 그것도 우연이었다. 오토바이를 타고 어디

먼 데를 가던 길이었다. 잠시 멈추어 그날 보기로 한 배 아무개에게 전화를 걸었는데, 무슨 영문인지 애먼 그 애의 번호로 전화가 갔던 것이다. 이름 중 비슷한 글자도 없었는데! 지금도 그게 다 무슨 조화였는지 도무지 모르겠다.

어쨌든 그때 나는 전화가 잘못 걸린 것도 모른 채, 신호음을 다 못 기다리고 벌써 액셀을 당긴 후였다. 여보세요, 핸즈프리 이어폰 너머로 그 애의 목소리가 들려왔을 때에는 쌩쌩 내달리는 차들의 한가운데에서 죽어라 스로틀을 당기는 중이었고.

해서 나는 그 엉뚱한 해후를, 돌이키거나 도망칠 수도 없이 겪어내야 했다. 다행히 그 애는 그 옛날처럼 상냥했다. 배 아무개 아니니, 라는 멍청한 물음에 그 애는 조용한 웃음을 보내며 아니라 말했고, 잘못 걸었나 봐, 하는 황망한 변명에는 웃음기 촉촉한 목소리로 섭섭하다 말했다.

차선 변경도 여의치 않은 데다, 휴대전화는 주머니 깊숙한 곳에 있었고, 한 손으로 오토바이를 모는 재주를 부릴 배짱이 내겐 없었으므로, 어차피 상대가 먼저 끊지 않으면 전화를 끊을 수 없는 상황이었다. 별 수 없이 더

듬더듬 안부 인사를 건넸다. 그렇게 오 분 정도 통화가 이어졌다. 무슨 말을 했는지는 또 기억이 나지 않는다. 아마 기억할 만한 내용도 없는, 잠꼬대 같은 환담이었겠지. 그저 풀 페이스 헬멧을 쓰고 있길 다행이라는 생각을 잠깐 했던 거 같다. 이상하게도 얼굴이 엄청 달아올랐고, 까닭 없이 무언가 부끄럽고 수줍었으니까.

이 년 만에 닿은 그 전화가 계기가 되어 우리는 한동안 간간이 연락을 주고받았다. 한번 대학로에서 같이 연극을 보자는 얘기도 나왔으나, 그 애가 여전히 내 첫사랑의 절친한 친구인 것이 부담스러워 만나보지는 못했다.

그로부터도 다시 몇 년, 지금은 그 애와 연락이 닿지 않는다.

11

그 다음은 없다. 이게 이 이야기의 끝이다.

횡설수설에, 정작 그 애가 등장하지도 않는 장면들에 부연이 길었다. 그러나 그것이 전부 내가 그 애를 떠올릴 때에 함께 떠오르는 것들이다. 당신은 이 이야기를 흔하고 재미없는, 어린 시절 연애담으로 들었을지도 모르겠다. 아니, 연애 얘기조차 아니지만, 아무튼 누가 시시하다고 툴툴댄대도 나는 아무렴, 하고 웃어버릴 생각이다. 경고했잖은가, 길고 지루하고 결말도 없는 이야기라고. 다만 다 잊기 전에 더 많이 적어두고 싶을 뿐이다. 당신은 비웃어도 좋다.

사랑에 대해 적을 때 나는 대체로 내 옛 연인들을 떠올린다. 그 중 가장 많이 인용하는 것은 열일곱의 첫사랑이고, 볼이 빨간 그 애에 대해 쓴 적은 단 한 번도 없다. 그러나 내가 가장 많이 그리워하고 또 아쉬워하는 것은 언제나, 첫사랑이 아닌 그 아이다. 사랑이라기에는 설익고 어린 마음, 그러나 사랑이 아니라고 말할 수도 없는 마음.

꼴사납고 멍청한 미련(의 흔적)이다.

그 애에게 나는 여러 동창 중 하나에 지나지 않을 것이다.

내 이름으로 남은 자취 하나 없을 것이다.

나도 알고 있다.

그래도 한 번쯤은 힘껏 좋아해 보고 싶었다, 그 애를.

그 애를 마지막으로 본 것도 벌써 몇 년이 지났다.

그러나 어느 해의 5월 14일에, 나는 그 애를 생각한다. 이미 오랫동안 그래왔고, 어쩜 앞으로도 오랫동안 그럴 것이다. 우연, 이라는 말을 핑계 삼아서. 그리고는 이 시시한 회고의 끝에 또, 전해지지 않을 인사를 덧붙이고야 마는 것이다.

생일 축하해, L.
그때 넌 참 예뻤어.

세 번째 장

사랑은 불꽃의 노래
불꽃도 꽃이라 말하는
어리석은 세레나데
살갗을 녹이고 흉터를 새길 텐데
통증과 물집과 고름만이 남을 텐데
새까맣게 타죽어도 끝내 부르고 마는
어여쁜 꽃의 노래
나의 당신
부디 삼켜주세요
쓰고 시끄러우며 때로 날카롭거나 기괴하여도
어쩔 수 없이 다정한 이 음률
흔히 사랑이라 불리는 이

너무 뜨거운 멜로디

고통

구두 속에 들어간 작은 돌 조각으로 너를 생각했다.
걸음마다 아프고 불편하게 떠오르는 너를 생각했다.
신경 쓰지 않으려 해도 다음 걸음에 밟히고야 마는,
너를 생각했다.

방식

그대가 겪는 슬픔의 밑바닥에 내가 살았다. 그대는 그렇게 아프고 힘들 때만 나를 찾았다. 나는 그것이 기뻐 그대의 고유한 암흑으로 더 깊이 잠기었다. 심해어처럼 그대를 기다렸다. 눈이 캄캄해지고 귀가 먹먹해지고 용모는 흉하게 뒤틀렸으나 언제 나를 찾을지 모르는 그대를 위해 나는 기꺼이 나락에 머물렀다. 가끔은 그대가 아주 슬프고 괴롭길 바랐다. 그런 나의 이기심을 그대는 용서해야 했다. 쓰고 역한 그대의 눈물을 다 삼켜주는 이를 저 환한 뭍 위에선 찾을 수 없었으므로. 그대는 나의 품 안에서만 등을 구부리지 않고 잘 수 있는 사람이었다. 간 혹 그대는 나를 무슨 슬픔을 배설할 변기쯤으로 여기었으나 아무래도 좋았다. 나도 실은 그대가 언제까지고 망가져 있길 빌었다. 이것을 사랑이라고 부르진 말자, 언젠가 그대가 말했을 때 나는 고개를 끄덕었다.

멍

1

모든 상처에는 제 나름의 역사가 있다.

그러나 오직 흉터만이 그 아픔을 기록한다.

하여 아물어 흉을 남기지 않는 상처란, 딱 그만큼의
슬픔이다.

말끔한 살결에선 지난 통증을 읽을 수 없으므로, 나
는 얕은 상처에 마음 써본 일이 없다.

그런데, 네 팔뚝의 멍.

죽은 피 고여 검푸른 자국. 안으로 난 상처.

핏물 가시면 흔적 없을 그 멍을 발견했을 때에는 마
음 왜 그렇게 무너지던지.

2

너는 원래 살갗이 얇아 쉽게 멍이 든다며 웃었다.

여린 외피를 가진 탓에 안으로 상처 입는 일이 많다니, 어쩜 네 몸은 네 마음을 그렇게 닮았는지.

웃기는 왜 웃는다니, 나는 꼭 울 것 같은데.

아, 그 검정은 분명 지난밤이 묻은 자국이었다.

네가 아프다 나를 붙들고 울었던 그 밤이, 날이 밝고도 다 떠나지 못해 네 팔뚝에 가서 물든 것이었다.

그것을 내가 알았다. 알아서, 안쓰러웠다.

3

그때 깨달았다.

어쩌면 내가 너의 흉터였다.

네가 다치면 그 아픔을 받아다 기억하는 것이 나였으므로.

그렇다면 너는 멍에도 흉터를 갖는 사람인 것이다.

내가 너의 흉터이고, 또 나는 너의 것이니.

너는 모르겠지만.

4

그런 것이 사랑인가 했다.

그이가 새기지 않은 흉터를 내가 갖는 것.

너는 스스로를 동정하지 않을 것이고, 며칠 지나 핏
기 빠지고 욱신한 통증 사라지면 그 멍을 잊을 것이다.

하지만 나는 오래 기억하겠지.

아마, 그런 것이.

5

그렇다고 내가 네 팔뚝에 매달려 울었던 것은 아니다.

다만 멍을 숨기고 웃는 너를 곁에서 보았던 것이다.

너의 아픈 밤을 오래 문질러 주고 싶다고 생각했다.

그런 생각만, 했던 것이다.

문장

당신은 나의 우울한 혀를 사랑했다.

당신은 내가 혼잣말로 뱉어두었던 낡은 시구를 되읊으며 말했다. 내 혀가 고르는 단어들과 그 순서, 또 내 혀가 짓는 발음과 그 리듬이 참 예쁘다고.

그러니까, 나의 혀가 만들어 뱉는 축축한 문장들을, 당신은 사랑한다고 했다.

그 말을 듣고 나는 내 안에 고여 찰랑이는 슬픔의 수심을 급히 재보았다.

나의 혀 밑에는 흘리지 않았던 눈물이 저수지처럼 고여 있었고, 나는 그것들로만 말을 지었다.

나는 그것을 보통 수치스럽게 여겼다.

가슴에 물을 담고 살아가는 삶은 비참한 것이었다. 편지와 일기는 으레 눅눅해지고 추억에는 더러 곰팡이가 폈다. 햇살 같은 눈길 아래에서도 슬픔은 바짝 마르는 대신 물안개가 되었다. 드문 행복의 순간에도 내 표정이 흐릿한 까닭은 그 희뿌연 슬픔이 제 몸 안으로 미소를 감추기 때문이었다.

그런데 퀴퀴하고 습한 이 슬픔을 당신이 사랑한다니.

아, 나는 난생처음 슬픔이 넉넉하다는 데 안도했다.

사실 나의 말이란 비틀거리며 걷던 어느 밤에 흔들려 넘친 눈물이 혀를 타고 흐른 것들에 불과했다. 그러나 당신은 그 비뚜름한 마음까지도 나의 재산으로 만들었다. 말하자면 당신 덕에 나는 조금 덜 가난해졌던 것이다.

그제야 나는 울었다. 당신에게 안기어 울었다.

그러나 우습지, 당신 덕에 울면서도 한편으로 나는 혀를 축일 눈물이 모자라게 될 것을 걱정했던 것이다.

당신은 나의 우울한 혀를 사랑했으므로.

그치다

그날은 아침부터 비가 내렸다 투명한 것들이 땅에 제 몸을 부딪치는 소리를 듣다가 나는 눈물을 쏟았다 그 때 나는 우리가 함께하던 유월의 어느 초록을 떠올렸던 것인데 아직 사월을 채 다 보내지도 못하였으므로 울음이 멎은 후엔 조금 겸연쩍은 기분이 들었다 하지만 아무렴 시간이 중요한 것은 아니었다 그저 너의 생각을 했다 비만 내리면 공연히 너의 생각을 할 수밖에 없었다 그 수 년 전의 유월 우리는 어느 촌에서 휴일을 보내고 있었다 아무 연고도 없고 마땅히 볼 것도 없는 동네로 무작정 떠난 것이었다 파란 지붕과 나무로 된 툇마루를 갖춘 적당히 구식이고 또 적당히 현대화된 시골집이 우리의 숙소

였다 너는 그 집이 그 지난해에 사고로 죽은 삼촌네 집이
라고 했다 누구도 장마철에 휴가를 내지는 않으므로 우
리는 어렵지 않게 휴가를 얻을 수 있었다 그 일주일 동
안 우리는 무언가를 가만 보기만 했다 닷새간의 비와 진
흙이 된 앞마당 무성한 잡초들의 녹색 네 삼촌의 먼지 쌓
인 앨범 그리고 네가 사랑하는 영화 콜렉션과 내가 추천
하는 시집 일곱 권을 보았다 때로는 주의 깊게 때로는 그
저 멍하니 어떤 때는 시집 대신 너른 잎사귀에 빗방울 흐
르는 자국을 읽었고 어떤 때는 이탈리아 흑백영화를 자
막 없이 켜두었다 나는 새까맣고 반들반들한 마룻바닥에
뺨을 바짝 대고 바깥을 내다보는 걸 제일 좋아했다 울어
라 더 울어라 옅은 회색의 하늘에 대고 속삭였다 내리는
비를 볼 때 나는 바란 적 없는 것들을 미리 죄 포기해버
리고 싶은 기분이 들었다 어쩌면 너조차 말이다 약속 없
이 찾아와 내게 없어선 안 될 것이 되어버린 것들 아 그
불공평한 계약 그러나 이제 와 너를 포기할 수는 없었다
얇고 희미한 너를 내가 어떻게 내버려둘까 너의 유약함
이 너를 더 사랑하게 만들었다 내가 아니면 너는 픽 죽어
버릴 것 같았으니까 그 어느 날도 아침부터 비가 내렸다
너는 마루 끝에서 밖으로 손을 뻗은 채 잠들어 있었고 너

의 손가락 끝은 처마에서 떨어지는 물방울에 주기적으로 부딪혔다 가끔씩 부는 바람에 들이친 빗물이 너를 조금씩 적시고 있었다 일어나 감기 걸려 나는 네게 기어가 포개어졌다 너는 대답 대신 젖은 손을 거둬 내 귓바퀴를 만지작거렸다 축축한 너의 등에 코를 묻으니 풀냄새가 짙었다 너는 그렇게 제 냄새를 갖지 않는 사람이었다 아아 사랑해 사랑해 너의 어깨로 입술을 옮겨 나는 속삭였다 아니 실은 쇄골에 입술을 붙이고 우물거렸다 네 귀에 들려주기보다는 네 몸에 새기고 싶었다 들었는지 말았는지 너는 대답이 없었고 나는 불안하도록 얕은 너의 숨소리를 찾아 네 턱밑에 귀를 붙였다 어쩜 네 숨소리보다 빗소리가 더 컸다 우리는 그렇게 가까웠는데도 그러나 그래도 좋았다 세상은 빗속에서 다 고요하여라 아니 차라리 빗물에 잠겨 다 죽어버려라 나는 너를 끌어안고 그 낡은 집에서 죽는 꿈을 꾸었다 그래 지난 유월에는 그런 꿈을 꾸었다 나는 지금 화창한 오월의 아침에 너의 생각을 한다 며칠 전 비가 내리고 너의 생각에 울었던 것도 사월의 일이다 그러나 나는 그때 너의 생각을 했고 또 지금 너의 생각을 하는 것이다 나는 그 생각들을 적는다 끊어내지 못하고 거듭해 너의 이야기를 한다 쉼표도 마침표도 없이 지리멸렬하게 늘어진 이 문장들처럼 내 마음엔 여전한 비가 내린다 마른 눈으로도 울 수 있음을 너는 알까 비는 그친 적이 없고 너는 아직도.

비행기

이국의 그대, 안녕하신지.

여기 좁고 낮은 나의 세상은 어제와 같이 별 볼 일
없습니다. 다투고 미워하다 다시 조금은 사랑하면서, 어
깨 부딪치며 살고 있지요.

그대 계신 곳의 안부는 화면 너머로 몇 번 훔쳐 읽
었습니다. 그래요, 참 좋은 세상입니다.

그대 떠나실 적에 주소를 적어주고 가셨더랬지요.
그도 벌써 수년 전의 일이니, 이 편지를 부치면 제대로
갈지 걱정입니다.

그러나 이메일이 아닌 그대 살 집의 주소를 정자로
또박또박 적어주는 그대가 좋았습니다. 저는 추운 밤이

면 그대의 글씨를 가만히 쓸어내리며 그대 잠드는 곳을 상상했습니다. 영화 속에서나 보던 널찍한 목조 주택에 살고 계시겠지요. 그 집 어느 방에서, 커다란 침대에 파묻혀 몸을 웅크리고 잠든 그대. 그대가 사는 집을 나도 마음속에 지었습니다. 낯선 언어로 적힌 그대의 집을, 나도 이만큼은 가지고 있는 셈입니다. 그러니 이 편지 어디서 표류한대도 그대를 탓하진 않으렵니다.

조그만 고백 하나를 하여야겠습니다.

그때 선뜻 그대와 함께하지 못한 까닭은 내가 겁이 많아서도, 그대를 충분히 사랑하지 않아서도 아니었습니다. 그저, 그저.

나는 가난한 사람이었습니다. 그대가 아무렇지 않게 여기는 그 결핍이 내겐 흉터처럼 부끄러운 것이었습니다. 가난한 이들은 더러 가난한 까닭으로 가난한 마음을 가지고 살아가곤 합니다. 내가 그러했습니다.

그대가 손을 내밀 때 나는 재빠르게 그대의 삶이 가지게 될 장부 하나를 그려보았습니다. 가난한 나의 버릇입니다. 그대가 얻을 수 있을 행복의 얼마를 나로 인해 잃게 될 것인지 가늠하는 일은 어렵지 않았습니다.

그대는 내게 비겁자라 하시었지요. 똑똑히 기억납

니다, 그날. 빨갛게 눈물 차오른 당신의 눈. 결코 나를 미워하지 않으리라 약속했던 입술이 내뱉는 그 모진 말들. 나의 어깨를 밀치고 가슴팍을 두드리던 그대의 조그만 손. 하나하나 기억합니다.

그러나 그대, 혹시 그날의 일 내게 미안하더라도 부디 자책은 마시길. 그대로 인해 아팠던 날은 하루도 없었습니다. 나를 상처 입히는 건 오롯이 나였고, 그대는 내게 좋은 것만 주었습니다. 그대는 나의 약이고 꽃이고 꿀이었습니다.

예. 사랑하기에 떠나보낸다는 흔한 노랫말을 그대는 비겁자의 것이라 욕하셔도 좋습니다. 그대에게는 가난한 비겁자의 옆보다 더 좋은 자리가 준비되어 있다고, 나는 믿었습니다. 지금도 그렇습니다.

그대의 남편은 아주 건강하고 잘생긴 사람 같습니다. 그대에게 상처 줄 일 없는, 반듯하고 훌륭한 사람이겠지요. 내가 볼 수 있는 건 조그만 화면 안의 더 조그만 사진뿐이니 섣부른 말이 될 수도 있겠습니다. 이 추측의 근거라곤 그 남자가 그대의 연인이라는 것뿐이니까요. 그러나 내가 그대를 믿듯이, 나는 얼굴 한 번 본 적 없는 이 남자를 믿을 수 있을 것 같습니다.

편지가 길어졌습니다.

이제는 먼 나라에 따로 떨어져도 옆에 누운 듯 얼굴 보고 이야기를 나눌 수도 있고, 살고 있는 하루하루의 기록을 살펴볼 수도 있는 세상입니다. 더구나 사람이 하늘을 난다는 것은 얼마나 감흥 없는 일이 되었는가요. 우스운 일입니다. 그때는 우리의 세상이 영영 반으로 쪼개지는 줄 알았는데요.

얼마 전 나는 공항 근처로 거처를 옮겼습니다. 예, 그대와 내가 수년 전 이별했던 그 공항입니다. 그곳이 그대와 가장 가까운 곳이라는 생각을 했습니다. 가끔 창공에 남은 흰 궤적을 발견하거나, 지상을 떠나고 돌아옴을 알리는 저 바람 찢는 소리 들릴 때 나는 그대를 생각합니다. 지금이라도 훌훌 날아 그대 사는 나라로 갈 수가 있을 것 같습니다.

아, 모두가 지난 꿈인 것을 나도 알고 있습니다.

그저 한때나마 그대 사는 땅이 나였음이, 아직도 내게 위로라는 것을 그대가 알아주었으면 했습니다.

이만 줄이겠습니다. 이 편지가 곤란한 것이라면 버리셔도 좋습니다.

이국의 그대, 행복하시길.

로봇

— 서로에게 길들여진다는 건 어쩌면 그렇게 낭만적인 일이 아니라, 일종의 반복 학습일 뿐인지도 몰라.

너는 읽고 있던 <어린 왕자>를 덮으며 말했다. 유난히 그 이야기를 좋아하는 너였다. 책장에 <어린 왕자>만 여덟 권이었다. 역자가 다르다며 산 것이 세 권, 표지가 예쁘다며 산 것이 또 두 권. 읽지도 못할 프랑스어 판본도 깨끗한 상태로 책장에 꽂혀있었다. 나머지 두 권 중 한 권은 여행지의 공항에서 산 영역본이었고 한 권은 독립출판된 것이었는데, 그 두 권은 삽화가 마음에 들어 내가 사두었다 지난해 네게 선물한 것이었다.

너는 항상 내 무릎을 베고, 판본을 바꿔가면서 읽었

던 이야기를 읽고 또 읽었다.

— 여우 얘기야?

무슨 얘기를 하는지는 뻔했지만 굳이 물었다. 너는 네 생각을 물어봐 주는 것을 좋아했으므로.

— 응. 봐, 네가 다섯 시에 온다고 말하면 세 시부터 나는 너를 기다리게 될 거라잖아. 그건 정말이야. 물론 네가 방문할 요일을 일러주지 않는다거나 약속을 멋대로 깨버린다면 내 기다림은 단지 기다림일 뿐이겠지. 하지만 네가 정말로 매일 나를 찾아온다면 나는 매번 기쁠 것이고, 결국엔 파블로프의 개처럼 언제나 세 시부터 기뻐질 거야.

말하자면 그건 반복 학습. 종의 훈련이고 프로그래밍이지. 기다림의 기쁨이 다한 뒤에도 우리는 서로에게 너무 길들여져 버려서 언제나 오후 다섯 시를 기다리게 될 거야.

그렇담 그 길들여진 기다림을 사랑이라 부를 수밖에 없는 걸까? 사랑은 기다림의 자세가 아닌 기다리는 기쁨에 있다고 나는 믿지만, 기꺼운 기다림과 학습된 기다림을 구분할 도리는 없잖아.

넌 너무 염세적이야, 나는 조용히 웃으며 너의 갈색

머리칼을 쓸어주었다. 너는 앞머리를 쓸어주는 것을 좋아했다. 어릴 때 아버지가 네 이마가 좁다며 앞머리를 뒤로 쓸어주곤 했는데, 그때 생각이 난다나.

— 아아니. 난 현실적인 거야. 길들여진다는 건 기계적인 반응의 체화야. 안 그래?

여우는 영원한 사랑을 낙관하지만, 언젠가 얘도 다섯 시로 향하는 시계 바늘을 쳐다보다 설렘 없는 자신을 발견하고 깜짝 놀라고 말걸. 물론 그래도 왕자를 기다리겠지. 이미 그렇게 프로그래밍 되어 버렸으니까.

너는 극적인 효과를 위해 뜸을 들였다. 어쩌면 너의 말을 소화할 시간을 주는 것일지도 몰랐다. 어쨌든 나는 채 닫히지 않은 너의 입술을 보고 아직 네 말이 다 끝나지 않았음을 알았으므로, 짐짓 그 말을 되새기는 척 심각한 표정을 지어보였다.

— 뭐, 그런 것이 사랑의 본질이라고는 말하지 않겠어. 하지만 대부분의 사랑이 다다르는 곳은 결국 그런 것일걸. 애정이 다해도 관계는 남잖아. 길들여진다는 거, 매일 세 시부터 널 기다린다는 것 말이야.

끔찍해. 그렇게 말을 마친 너는 그 마지막 한마디와 어울리지 않게 뿌듯한 표정으로 나를 올려다봤다. 대단한 연구 결과라도 발표한 양.

나는 네가 말하는 것들에 대해 잠깐 생각해보았다. 애정 없는 사랑이라니, 말장난에 가까운 궤변. 하지만 너는 그런 것들에 대해 이야기하는 것을 좋아했다. 나의 무릎 위에는 항상 그런 피상적이고 결론 없는 이야기, 억지로 접붙여진 논리들이 둥둥 떠다녔다. 물론 너는 그러한 이론들을 다만 순간적으로 뱉어놓을 뿐, 그것이 얼마나 진실에 가까운지에 대해서는 관심이 없었다.

아무튼 어린왕자가 그런 얘기였나, 같은 대꾸로 너의 심기를 거스를 생각은 없었으므로, 나는 별다른 대답 대신 너의 귓불을 만지작거렸다. 그러나 너의 눈은 여전히 나를 올려다보며 반짝이고 있었고, 그건 아직 그 이야기에서 벗어날 생각이 없다는 뜻이었다. 못 본 체 화제를 돌릴까, 하다가 하는 수 없이 나는 입을 열었다.

사랑이 프로그래밍의 문제라면, 사람을 사랑하는 기계도 만들 수 있는 걸까?

적절한 질문이었는지, 너는 기다렸다는 듯 입을 열었다.

— 간단하지 않을까? 언제나 기쁘게 너를 기다리는 기계를 만들면 되잖아. 네게 길들여지기 위한 기계를.

생각해 봐. 변함없이 널 기다려주고, 네 취향의 선물을 주고, 학습한 대로 네가 좋아할 말과 행동을 해준다면 그게 사랑인지 아닌지 분간할 수는 없을걸.

어쩌면 너도 그 기계를 사랑하게 될지도 몰라. 네게 길들여진 것을 어떻게 사랑하지 않을 수 있겠어? 말 그대로 사랑이 서로에게 길들여지는 것이라면-

언젠가는 사랑하는 기계가 모든 관계에서 인간의 자리를 대체할지도 모르겠네.

나는 길어지는 너의 말을 자르고 내뱉었다. 몽상가인 너의 말은 가만히 두면 맥락을 잃고 추상적인 영역으로 떨어져 표류하기 십상이었으니까. 사랑하는 기계, 네가 나의 말을 곱씹듯 천천히 따라 읊었다.

러-브 머신? 말하고 너는 킬킬댔다.

러-브 머신. 나도 너를 따라 발음하고 웃었다.

어깨를 가볍게 떨며 웃던 네가 말했다.

— 몰랐어? 인간은 이미 사랑하는 기계야.

웃음이 서서히 조용한 미소로 사그라지고, 우리의 사이에는 침묵이 깔렸다. 언제나처럼 너는 눈을 감았고 나는 등을 굽혀 너의 색이 옅은 입술에 입을 맞추었다. 입술을 뗀 뒤엔 늘 그랬던 것처럼 사랑해, 속삭였다.

한 톨의 애정도 없이.

어른의 연애

  유영. 너를 처음 만났을 때 나는 서른 살이었고 너는 열두 살이었다. 너는 내가 따르던 직장 선배의 딸이었으므로, 내게는 조카 같은 아이였다. 열세 살의 너도, 열네 살의 너도 마찬가지였다. 네가 열일곱이 되었대도 무엇이 달랐겠니. 그러니 스무 살의 네가 갑자기 나를 사랑한다고 해도, 나는 너를 사랑할 수 없었다.

  아니, 물론 사랑했다. 그러나 그것은 어디까지나 친애의 마음이었다. 예쁜 꽃을 기르는 마음, 작은 동물을 껴안는 마음, 혹은 부러지거나 깨지기 쉬운 물건을 조심조심 더듬는 마음… 그런 것이었지. 너는 내게 여자일 수 없었다. 나는 서른여덟, 너는 스무 살이었으니까. 더구나 나는 교복을 입기 전의 네 모습까지 알고 있는 사람이었다. 너는 유치가 늦게 빠지는 아이였지. 나는 그걸 기억한다. 아저씨, 지랑 연애할래요? 물어 놓고선 대답은 들을 생각이 없는지 빨간 얼굴을 손바닥에 묻던 네 모습도 물론 기억하지. 하지만 그때, 마주선 내가 무슨 생각을 하고 있었는지 아니? 나는 삼촌, 하고 부르며 송곳니의 빈자리를 드러내고 웃던 열두 살의 너를 떠올렸다. 그러니 내가 어떻게 너의 고백을 받아들일 수 있었겠니.

유영. 너는 울었고 나는 너를 달래려 애썼다. 정확히는, 달랠 방법을 몰라 다만 네 이름을 읊었지. 유영아, 유영아. 거듭해서 부를 때에 혀 위에서 자꾸만 미끄러지는 이응, 이응. 동그랗고 부드러운 네 이름이 붙잡으려고 해도 입술 밖으로 흘러내렸다. 그때 나는 왜 자꾸 너를 불렀을까. 유영아, 유영아. 어떡하자고, 도대체 어떡하자고. 애당초 네가 우는 게 다 나 때문이었는데.

그래, 나는 너의 고백을 거절했다. 그게 도리라고 생각했다. 그때 내가 했던 말들을 기억하니. 네가 만나게 될 더 큰 세상을 내가 가려버릴 수는 없다는 것, 더 좋은 사람과 맺어야 할 그 귀한 약속을 내가 가로채서는 안 된다는 것. 그런 핑계를 대었지. 그것이 내가 너를 아끼는 방법이라는 말을 마지막에 덧붙였던 것 같다. 모두 진심이었다. 그러나 이야기하지 않은 것들이 있다.

유영. 그때 나는 실직자였다. 다니던 회사의 실적은 날이 갈수록 악화되고 있었고, 나는 그즈음의 어떤 계약에서 작지 않은 실수를 저질렀다. 해서 온화한 목소리로 상사가 권해온 퇴직 이야기에 나는 고개를 끄덕일 수밖에 없었다. 받아들이는 일 외에는 선택의 여지가 없었고, 이미 퇴사한 지 오래된 네 아버지의 입김 역시 나를 돕기에는 너무 희미한 것이었기 때문이다. 해서 너의 고백을 받던 그 무렵 내가 직장에서 하는 일이라곤 내 후임자를 위해 업무 매뉴얼을 작성하는 일뿐이었다. 실업(失業), 두려워만 하던 그 단어의 무게를 처음으로 실감한 시간이었다. 우스운 건, 회사에 남아있길 간절히 바라면서도 회사 안에 앉아있는 시간이 점점 괴로워졌다는 것이다. 책상 위의 명함은 아직도 수십 장이 남아있었지만, 그곳에는 이미 나의 자리도 일도 남아있지 않았기 때문이다. 정해진 퇴사일까지는 며칠이 더 남아있었지만 시간이 자꾸 비었다. 해서 나는 외근 핑계를 대며 비는 시간마다 이곳 저곳의 창업설명회를 돌아다녔다. 얼마 되지 않는 퇴직금을 가지고 가게를 차려 볼 요량이었다. 네게는 오래 전부터 카페를 하나 차리는 것이 꿈이었다고 말했지만, 사실은 재취업이 어려웠을 뿐이다.

그래서 그랬냐고?

그래서 그랬다.

사실은 다른 이유들도 있었다. 너희 아버지와의 관계가 상할까 두려웠고, 세상 사람들의 손가락질이 무서웠다. 무엇보다, 내 몸 여기저기에 남아있는 지나간 사랑의 흉터들이 부끄러웠다.

이십 대 후반에 서둘러 한 결혼은 세 번째 기념일이 돌아오기 전에 파국을 맞았다. 흔한 이유였다. 성격이 맞지 않아서. 이혼 서류를 처리하면서 내 아내였던 여자는 내게, 우리의 결혼 생활이 지독한 시간 낭비였다고 말했다. 정말 그 정도였느냐고 묻지는 못했다.

애가 없는 게 그나마 다행이지, 주위에서는 그런 말로 나를 위로하려 들었다. 하지만 그때마다 내가 느끼는 것은 지독한 수치심뿐이었다. 아이가 없다는 것은, 전 부인과의 사랑에서 내가 어떠한 결실도 거두지 못했음을 증명하는 또 하나의 증거일 뿐이었으니까.

그래서 그랬다.

일말의 수치심 없이 내비칠 수 있는 흉터가 세상 어

디에 있을까. 나는 서른여덟이었고, 이혼경력이 있는 남자였다. 그런 남자가 가질 수 있는 여자는 오직 그만큼의 흉터나 흠결을 가진 사람뿐이라고 생각했다. 물론 그런 사실을 진작 고백했더라면, 너는 내게 누군가를 사랑하는 일에 그런 건 아무런 문제가 되지 않는다고 말했을 모른다. 적어도 내가 그러한 생각을 먼저 고백한, 내 가족과 친구들은 그런 이야기를 했으니. 그러나 내가 너를 비롯한 그 누구에게도 말하지 않은 것이 있다. 다 아문 듯 보이는 저 자국들. 무언가 떼어지고 떨어진 자리, 잘려나가고 찢긴 그 흉터가 실은 여전히… 아팠다는 것이다. 내 사랑이 얼마나 못나고 모자란 것인지를 증명하는 그 통증의 생생함. 내 사랑의 역사에는 오직 실패만이 기록되어 있었고 나는 상처로부터 벗어나는 방법을 몰랐다.

그래서, 그랬다.

유영. 나는 초라하고 추레한 아저씨였고, 너는 예뻤다. 나는 스스로의 초라함과 추레함을 알고 있을 만큼은 세상에 대해 조금 더 알았고, 스무 살의 너는 아직 더 너른 세상을 본 적이 없었다. 그러니 나는 너를 거절할 수밖에 없었다. 네가 나를 사랑해서는 안 되는 이유가 그렇게나 많은데, 내가 어떻게 감히 너를 사랑할 수 있었

겠니. 해서 조금도 너를 여자로 생각하지 않는다는 말을
했지. 네 눈을 똑바로 쳐다보면서. 이러면 곤란하다, 부
담스럽다는 말도 했다. 그래, 솔직히 말하면 전부 진심
은 아니었다. 다만 네게 당장 좋은 사람이 되는 일은 결
국, 나중에 나쁜 사람이 되는 일이라고 생각했을 뿐이다.
그러나 정말 그것을 믿었다면, 왜 그냥 좋은 삼촌으로 생
각해주면 안 되겠느냐고 물었을까, 나는. 왜 거절의 끝에
너를 잃고 싶지 않다는 얘기를 덧붙였을까, 나는. 대체
어쩌자고, 어떡하자고.

그래. 왜 흔들리지 않았겠니. 내 배가 조금 덜 나왔
더라면, 내 머리숱이 좀 더 많았더라면, 혹시 내가 마흔
을 바라보는 여성이고 네가 스무 살의 청년이었다면. 사
실은 그런 생각도 해보았다. 나이와 경제적 여건과 연애
의 편력. 그 셋 중 하나라도 부끄럽지 않은 것이 있었다
면, 어쩌면 나는 눈을 딱 감고 너의 고백을 수락했을지도
모른다.

유영아, 사실은 말이다. 네가 나를 좋아한다고 말했
을 때에 나는, 떡볶이 국물이 묻은 옷을 입고 창피한 줄
도 모르고 깔깔대던 열두 살의 너를, 용돈을 받으려고 내
어깨를 주무르던 열다섯의 너를, 오랜만에 마주쳤는데도

고개만 까딱하고 방으로 들어가 버리던 사춘기의 너를, 잠깐 잊었다. 좋아한다는 말에 어쩔 수 없이 마음 흔들리던 내가 있었다. 비겁하게 네게 좋은 사람이기를 바라는 내가 있었고, 거리를 두어도 네가 더 다가와주기를 바라는 구차한 내가 있었다. 세상을 더 알게 된 다음에도 나를 좋아한다 말해줄까 기대하던 내가, 나잇값도 못하고 네게 자꾸 기울어지던 내가, 있었던 것이다.

어쩌면, 그래서 그랬다.

유영. 좋은 삼촌으로 너의 곁에 오래 있고 싶다는 말에, 너는 울면서도 고개를 끄덕였지. 순진한 너는 나의 치졸하고 비겁한 호의를 의심하지 않았고, 그리하여 나는 너의 곁에 남을 수 있었다. '좋은 삼촌'으로 말이다. 그 해 가을에 나는 너희 학교에서 그리 멀지 않은 곳에 카페를 차렸고, 너는 일손을 돕겠다며 주말마다 아르바이트를 하러 왔다. 물론 너는 나에 대한 애정을 감추지 않았지. 그러나 나는 네가 보내는 눈짓과 손길 따위를 죄다 모르는 척했다, 모르는 척하면서… 네가 오는 주말을 기다렸다. 가증스러운 짓이지. 너와 손이 닿는 일은 피하면서도 자주 네 머리를 쓰다듬어주었고, 내 휴일 일정은 비밀로 하면서도 네가 아픈 것 같으면 걱정을 멈추지 못했다. 가끔 네가 조르면 술을 사주었고, 네 생일에는 같이 영화를 보기도 했다. 영업이 끝나면 너를 집에 바래다주는 것이 매일의 일과였다. 주황색 가로등 불빛 아래를 걸으며 우리는 시답잖은 이야기들을 많이도 나누었지. 물론 너무 많이 웃지는 않았다. 나는 괜히 네가 태어나기도 전에 개봉했던 어떤 영화 이야기를 꺼내거나 일부러 네가 빠져있다는 아이돌 가수의 이름을 틀리곤 했다. 네가 얼마나 어린지, 우리가 서로의 세계에 대해 얼마나 무지한지를 알려주고 싶었다. 너에게뿐 아니라, 나 자신에게도.

처음부터 모질게 너를 잘라내야 했어, 그런 생각을 해보기도 한다. 아니면 네 마음의 성숙함을 더 믿어주어야 했는지도 모른다고도. 네가 만나야 할 사랑을 가로챈 도둑놈, 네가 겪어야 할 세상을 감춰놓은 사기꾼. 그런 오명은 내가 다 뒤집어쓰고, 순진한 너의 고백에 나도 마음 떨린다고 대답해주는 것이 옳은 일이었을지도 모르겠다고.

유영. 무엇이 더 어른스러운 일이었을까?

나는 여전히 정답을 알지 못한다.

유영. 서른아홉의 생일날, 너는 내게 또 한 번 너의

마음을 전해왔다. 그러나 나는 너를 믿지 못했다. 더 정확히는, 나를 믿지 못했다고 말하는 것이 옳겠지. 내게는 네 마음을 책임질 각오가 없었고, 나는 그런 자신의 모습만을 명확하게 알고 있었기 때문이다. 나는 네 마음의 진실함보다 자신의 자격 없음을 더욱 확신했다. 해서 네 호의를 사랑이라 부르기를 두려워했고, 너를 믿게 되는 일을 경계했던 것이다.

그래. 네가 또 울어버리지 않을까 염려하면서, 나는 또 한 번 거절의 뜻을 표시했다. 그러나 걱정이 무색하게 너는 웃어 보였다. 영악한 너는 네 머리를 쓰다듬을 때 내 손바닥에 고인 열기를, 네 병세의 차도를 물을 때의 내 목소리에 담긴 물기를 이미 눈치채고 있었던 모양이지. 슬퍼하기는커녕 자못 장난스러운 태도로 내 거절을 웃어넘기더구나. 심지어는 슬쩍 내 손을 붙잡기까지 했다. 에이, 아저씨, 하고 부르면서. 그 희고 부드러운 손으로.

유영. 내가 어떻게 해야 했겠니. 나는 그것을 뿌리쳤다. 이러지 않았으면 좋겠다, 난 너희 아빠 친구야. 놀랄 만큼 낮은 목소리가 나왔다. 너는 나를 사랑하는 게 아니야, 동경심이나 친근함… 아무튼 무언가를 헷갈리고 있는 거지. 그렇게 말했다. 목소리가 조금 떨렸지만, 그 정도의 단호함이 내가 표현할 수 있는 최선의 것이었다. 그다음에 있었던 일은 너도 기억하겠지. 나는 할 수 있는 행동 중 가장 매몰차고 비겁한 짓을 했다. 너를 혼자 남겨둔 채로 카페를 빠져나오는 일. 문을 나선 뒤 곧장 큰길을 피해 아무 골목으로나 들어갔고, 종아리가 뻣뻣해질 때까지 거리를 헤맸다. 한참 뒤에 돌아와 보니 카페는 비어있었다. 너는 준비했던 내 생일 케이크를 치우고, 컵을 닦고, 간판과 매장의 불을 끈 뒤 문을 잠가두었더구나. 나는 차라리 네가 그 모든 것을 내팽개쳐두었기를, 아예 유리창이라도 한 장 깨어 놓았기를 바랐다. 아니, 어쩌면 네가 그 자리에서 울고 있기를 바랐는지도 모른다. 그러나 가게는 아주 깨끗하고 고요했지. 나는 그때 창피함을 느꼈다. 무언가, 견딜 수 없이, 창피했다.

너는 그 다음 주에도 아르바이트를 하러 왔다. 태연한 얼굴로 여느 때 같은 인사를 해오기에 내가 더 놀랐다. 심지어 너는 내가 사과의 말을 꺼내기도 전에 다 안다고, 알았다고, 안 좋아하겠다고, 그렇게 말했지. 그때 나는 우습게도 조금 안심했다. 첫째로는 네가 씩씩해 보여서, 둘째로는, 그래, 인정하기 부끄럽지만, 네가 나를 피하지 않아서 안심했다. 너는 반년 정도 더 내 카페에서 일을 했다. 돈을 모아 내년 여름 방학에는 해외여행을 다녀오겠다던 너는, 정말로 이듬해 여름에 유럽으로 떠났다. 그러나 여행이, 방학이, 여름이 끝난 뒤에도, 네가 카페에 돌아오는 일은 없었다.

오빠, 아니면 사장님. 어때?

언젠가 내가 농담처럼 새 호칭을 권했을 때 너는 까르르 웃으며 말했다.

아저씨는 아저씨죠.

그것이 네가 나를 바라보는 방식이었다는 것을, 나는 이제야 깨닫는다. 어쩌면 더 일찍 깨닫지 않은 것이 다행스러운 일인지도 모른다. 미리 알았더라면 아마 그 여름을 다 보내기 전에 네게 먼저 연락을 했을 테니까.

네가 얼굴을 비추지도 않고 연락도 하지 않은 것이 그렇게 반년이었다. 여름이, 가을이 지나고 다시 겨울이 되었지만 너는 돌아오지 않았다. 그렇다고 새 아르바이트생을 들이지는 않았다. 어차피 처음부터 일손이 그리 필요하지도 않은 일이었다. 별다른 일은 없었다. 카페는 간신히 현상유지를 하는 꼴이었지만 적어도 적자는 아니었다. 통장을 들여다보면 애가 없어서 그나마 다행이지,

그런 말이 저절로 입에서 튀어나오기는 했다. 혼자 먹는 밥이야 새삼스러울 것도 없는 일이고, 실은 입맛이 없어 식사량도 줄었다. 전할 만한 희소식이 있다면, 줄어든 식사량에 더해 네가 없는 동안 피트니스 클럽을 꼬박꼬박 다닌 덕에 뱃살이 꽤 줄었다는 것, 그뿐이었다. 정말이지, 줄어서 좋은 것이라곤 그뿐이었고 말해서 기쁠 것도 그뿐이었다. 내가 가진 것들은 모조리 줄어들고 있었고 늘어난 것이라고는 나이와 주름과 흰머리뿐이었다.

그 반년 동안 부모님이 구해온 선 자리가 세 건, 주변의 여자를 소개해주겠다는 친구들의 연락이 네 통 있었다. 하지만 나는 정중하게 그 모든 제안들을 거절했다. 새로 누군가를 만나고 싶은 마음이 없었다. 요새 남자 나이 마흔이면 그렇게 늙은 것도 아니야. 친구 중 누군가가 건넨 말에 웃으며 고개를 끄덕여주기는 했지마는, 그게 다였다. 그렇게 아무 일도 없는 날들이 지나갔다. 그냥, 다달이 집에서 새치 염색을 하면서, 고작 나이 사십에 벌써 흰머리가 이만큼이나 난다는 것을 네게 들키면 네가 웃겠지, 그런 생각을 가끔 했다. 그러나 내게 일어나지 않은 다른 많은 일들처럼, 네게서 연락이 오는 일도 없었다. 나도 구태여 연락을 하지는 않았다.

그리고 어느새 내 생일이 돌아왔다. 그 날의 기억은 유난히도 오래 남아있다. 생일이라서가 아니라, 그날 네가 오랜만에 카페에 찾아왔기 때문이다. 어떤 남자의 팔짱을 끼고.

삼촌, 제 남자 친구예요. 새까맣게 탄, 아직 소년의 티를 다 벗지 못한, 딱 네 또래의 청년이 꾸벅 고개를 숙였다. 너는 그 옆에서 활짝 웃고 있었지. 나도 최선을 다해 웃어주었다. 네가 보기에 어땠는지는 모르지만, 적어도 노력은 했다. 너는 아메리카노 두 잔을 주문했고, 커피를 받은 뒤에는 곧장 가게를 떠났다. 누구시냐고 묻는 청년에게 우리 아빠 친구, 하고 대답하는 네 목소리가, 유리문이 닫히기 직전 가게 안으로 넘어왔다.

화가 났다.

그래, 화가 났다. 배신감이었다.

그 감정이 정당하다고 말하려는 것은 아니다. 네 책임이 있다고 생각하지도 않는다. 대단한 어른인 척 너를 밀어냈던 것은 언제나 나였으니까. 하지만 똑바로 일어서지 못하고 자꾸 네게 기울어지던 어린 내가, 누군가의 순수한 호의를 받아본 지 너무 오래된 외로운 내가, 언제나 나의 상처만을 확신하던 이기적인 내가, 사실은 너를 사랑했다. 그리고 너를 사랑하던 그 내가, 표정도 말도 없이 가슴속에 숨어만 있던 그 비겁한 놈이, 감히 네게 배신감을 느꼈다. 어차피 네 마음을 받아주지도 않았을 거면서, 네 사랑을 거절하는 일이 네게 더 좋은 일이리라고 그렇게나 확신했으면서, 그랬다.

거봐, 역시 너는 나를 사랑하지 않았던 거야. 할 수 있다면 외치고 싶은 심정이었다. 네게 얼굴을 붉히며 삿대질을 하고 싶었다. 나이와 경제적 여건과 연애의 편력. 그 셋 중 하나라도 부끄럽지 않은 것이 있었다면 아마 그렇게 했을 것이다. 지질하지. 내가 그렇게 지질한 사람이다. 하지만 내가 무엇을 어쨌겠니. 아무것도 하지 않았다. 웃으며 너와 남자 친구를 배웅하는 일 말고는 아무것도. 하기야 내가 대체 무엇을 할 수 있었겠니. 어린 네게 내가 염치없이 사랑을 바랐노라고, 말이나 할 수 있었겠니.

유영. 너는 그날 밤에 혼자 카페를 찾아왔다.

카페 문을 닫기 바로 직전이었다. 술 한 잔 사줄까, 묻는 내게 너는 고개를 가로저었지. 그리고는 대뜸, 나를 좋아했었다고 말했다. 그게 뭐 그렇게 옛날 일이니. 고작 일 년 전의 일이다. 그러나 너는 아주 옛날의 이야기처럼 이야기를 하더구나. 나를 좋아했었다고. 지금은 아니라고 했지. 내가 모질게 대할 때마다 상처를 입었지만 이제는 나았다고 했다. 내가 왜 그렇게 대해야 했는지 이해한다고도 했다. 지금 남자 친구는 유럽 여행 중에 알게 되었는데 자기를 꽤 좋아해 준다는 이야기를 했고, 그 친구를 만난 다음에야 나를 다시 볼 용기가 났다고 했다. 정리되지 않은 이야기들이 횡설수설, 중언부언 이어졌다. 다만 이야기 사이사이에 너는, 어쨌든 지금은 나를 좋아하지 않는다는 그 말을 여러 번 다시 했다. 그것만이 유일하게 명확하다는 것처럼 말이다. 마지막으로는, 그래도 고맙다고 했다. 나를 좋아해서 좋았다고 했다.

배신감을, 느꼈다.

하지만 내가 무엇을 어쨌겠니. 무엇을 할 수 있었겠니.

잘됐네.

그렇게 말했지. 나를 왜 좋아했었는지, 지금은 왜 나를 좋아하지 않는지에 대해서 묻지는 않았다. 머리를 쓰다듬고 너를 돌려보냈다. 사양하는 네게 억지로 택시비를 쥐어주기까지 했지. 네가 떠난 다음에는 카페 바닥을 쓸었고, 의자와 테이블의 열을 맞췄다. 불을 끄고 문을 잠그니 거의 열한 시. 집으로 돌아가서는 컵라면을 하나 끓여먹었다. 남은 국물을 안주 삼아 캔 맥주 하나를 마신 다음 양치는커녕 세수도 않고 침대에 누웠다. 퀴퀴한 냄새가 나는 시트 위에서 뒤척이다 보니 시계가 자정을 알리더구나. 덕분에 나는 생일이 지나갔음을 깨달았다. 나는 마흔 살, 너는 스물두 살이었다.

잠이 찾아올 때까지 나는 스스로에게 그 정도면 꽤 어른스럽게 행동했어, 하는 말을 들려주었다. 마땅히 옳은 일을 했다고, 어른으로서 당연한 선택을 한 것이라고 믿었다. 물론 지금도, 내가 한 행동이 잘못된 것이었다고 생각하지는 않는다. 그러나, 유영. 자꾸 창피한 기분이 들었던 것이다. 무엇인가, 견딜 수 없이 창피했다.

그날 이후로 우리는 한 번도 서로를 만나지 않았다. 너를 보지 않은 것이 벌써 일 년이 훨씬 넘었다. 나는 오전 열한 시에 가게를 열고 오후 열 시에 닫는 생활을 반복했다. 늙은 탓인지 지친 탓인지, 혼자 가게를 꾸리는 일이 힘에 부쳐 주말과 평일에 아르바이트생을 하나씩 구했다. 벌이는 여전히 변변치 않았지만 다행히 남자 혼자 먹고 살기에는 그리 모자라지 않았다.

돈을 쓸 데라고는 술자리뿐이었다. 중년남성에게

달리 오락거리가 뭐 있겠니. 너희 아버지와도 술자리를 몇 번 가졌다. 여전하시더구나. 나는 친한 후배이자 아끼는 동생으로서, 네 아버지가 부르는 자리라면 특히 곳과 때를 가리지 않고 찾았다. 그러나 집에 놀러 오라는 이야기만큼은 이런저런 핑계를 대며 거절했다. 그렇게 날들을 보냈다. 혼자 일하고, 혼자 드라이브를 다니고, 혼자 영화를 보고, 혼자 밥을 먹었다. 그런 것들에 익숙해진 지 오래였다. 견딜만했다. 물론 어떤 밤에는 외로움이, 아주 끔찍한 외로움이 찾아들곤 했다. 차갑고 축축한 감정은 파도처럼 멀리서부터 밀려와 나를 쫄딱 적시고 여기저기로 밀쳤다. 유영, 너는 아는지? 그 거대한 물결 속에서 의식이 선택할 수 있는 것은 많지 않단다. 버텨도 어쩔 수 없이 마음은 질식해갔고, 끝내 숨이 아득해질 때면 문득 주마등처럼 오래전에 이혼한 아내와 그 전의 연인들이 차례로 떠올랐다. 물론 그 회상의 마지막에 위치한 것은 언제나 유영, 너의 모습이었다. 특히 내 마흔 살 생일날 밤의 기억을, 나는 정말 이상하리만큼 거듭해 회상하곤 했다. 네가 내게 고백을 하거나 같이 술을 마시던 날 따위가 아니라, 나를 이제 더는 좋아하지 않는다고 선고하던 그 날의 기억을 말이다. 그리고 그중에서도 내가 가장 오래 머무르게 되는 장면은 네가 우리 관계의 마지막 대사를 읊는 부분이었다.

　그래도, 고마워요. 아저씨를 좋아해서, 좋았어요.

　아, 그때 너의 목소리, 너의 표정. 그것들을 껴안은 채 나는 밤을 지났다. 견디다 보면 파도가 잦아들었다.

　어제는 한 여자와 저녁 식사를 같이 했다. 친구의 등쌀에 못 이겨 나간 자리였다. 여자는 나랑 동갑이었고, 무슨 연구원 일을 한다고 했다. 그녀는 인사와 통성명을 마치자마자 대뜸 이런 말을 했다. 결혼 생각은 조금도 없었는데, 나이 먹으니까 외롭더라고요. 그래서 열심히 만나보고 있어요. 나한테 그런 말을 해도 되나, 싶었지만 웃는 그녀의 얼굴에 비치는 천진함이 마음에 들어 그냥 마주 웃어주고 말았다. 아무튼 선해 보이는 사람이었다. 뒤이은 질문 역시 무례했지만 말이다. 그녀는 이렇게 물었다. 그쪽은 왜 그렇게 오랫동안 싱글이었어요?

　글쎄, 내가 왜 그렇게 오래 혼자였겠니. 지겨운 이야기다. 그것은 내가 실패만을 거듭해 이제는 더 걸어갈 의지도 잃은 사람이었기 때문이다. 스스로가 사랑받으면 안 될 이유만을 꼽고, 그것만을 믿는 사람이었기 때문이다. 그래서 그랬다. 물론 너에게 그런 이야기를 다 하지 않았듯, 그녀에게도 내 구질구질한 사연들을 다 늘어놓지는 않았다. 대신 한 번 이혼을 하고 나니 사람 만나는 일이 두려워지더라, 따위의 뻔한 얘기를 들려주었지. 그녀는 그 말에 크게 고개를 끄덕이고는 또 묻더구나.

그런데 어떻게 여기 나오실 생각을 하셨어요? 이제 괜찮아요?

그건 아주 특별한 질문이었다. 내가 한 번도 들어본 적 없었을 뿐만 아니라, 내가 한 번도 스스로에게 물어본 적 없는 질문이었기 때문이다. 어떤 대답은 그것이 놀라울 정도로 분명함에도 불구하고, 적절한 질문을 만나기 전까지는 모호하고 비밀스러운 것으로 존재한다. 그러니까, 자기 자신에게도 말이다.

유영. 그 천진하고 무례한 질문 앞에서야 비로소 나는 깨닫게 되었던 것이다. 내가 가진 흠과 흉과 결핍에도 불구하고 나를 좋아해 주는 사람이 있었다는 것을. 나의 실수, 외면, 모진 말들을 상처로 삼는 대신 양분으로 삼킨 소녀가 있었다는 것을. 내 실패의 법칙을 반증하고 내 사랑의 무해함을 증명하는 어떤 증거를 내가 어느새 가지고 있게 되었다는 것을.

내가 이제 괜찮다는 것을.

유영.

입안에서 궁굴리면 자꾸만 미끄러지는 이응, 이응. 혹시라도 그것을 흘릴까 봐 나는 혀를 깨문다. 내가 앞으로 너의 이름을 소리 내어 부를 일은 없을 것이다. 그래서는 안 되지. 그러나 친한 선배의 딸 이름도, 조카 같이 어린 소녀의 이름도 아닌 유영, 유영. 외로워질 때면 언제고 사탕처럼 물게 될, 그 동그랗고 부드러운 이름. 머금으면 마음 환해지는 두 글자.

유영.

아, 네가 언젠가 나를 좋아했다.

나는 내 앞에 앉은 여자의 눈을 똑바로 바라보았다. 그녀가 나를 사랑할까? 나는 그녀를 사랑할 수 있을까? 그런 것은 어쩐지 더 이상 두렵지가 않더구나. 그저, 내가 지금 어떤 사람인지를 그녀에게 들려주고 싶었다. 하지만 그러려면 반드시 해야만 하는 이야기가 있었지.

그리하여, 유영. 나는 입을 열어 그 이야기의 첫 문장을 발음했다.

언젠가 저를 사랑하던 소녀가 있었어요.

네 번째 장

사랑한다는 고백은 다정한 눈짓만 못하고
습관이 된 인사는 단지 증오를 가리기 위한 것, 또
다 잊었다는 혼잣말도 사실은 커다란 그리움

우리는 동음이의어로만 대화하는
외로운 언어의 유일한 구사자 나는
조야한 낱말들로 당신을 더듬는다 그저
입을 맞추기 위해서

그러나 이 절박한 키스는 언제나 실패하나니
입술 끝에 남는 것은 오직 씁쓸한 깨달음

솔직하지 못하거나 어리석은
거짓말쟁이에
또 겁이 많고 변덕스러운

마음에는 입술이 없다

폭우

1

너는 불쑥 처마 밖으로 나가 쫄딱 젖었다.

슬픔을 견딜 수 없을 때에는 세수를 해야 한다고, 언젠가 네가 말한 적이 있다. 젖은 뺨을 숨기는 가장 좋은 방법은 아예 적시는 것이라고.

2

억수 같은 빗물 아래 네가 울었는지는 모르겠다.

빗방울 부딪히는 것이 이렇게 아픈 줄은 몰랐다고,

이 비에 아주 맞아 죽겠다고,

외치는 목소리가 파르르 떨리기는 했다.

이별

주는 법만을 알 뿐 받아본 적이 없었던 우리는
사랑을 뾰족하게 갈아 서로를 찔렀다
하여 우리 사랑의 노래는 태반이 비명과 신음, 오열
과 노성이었으나
우리는 다만 스스로의 다정함을 믿었다
얄궂지
끝내 헤어져 서로의 앞일을 저주하는 그 순간까지도
우리는 서로를 죽도록 사랑하였고
한 번도 사랑받지는 못했다

두드리다

당신은 내 앞에서 문을 닫았다 오해를 원망하지는 않기로 했다 다만 오역을 증오했던 것이다 나의 혀는 말 더듬이고 심장은 벙어리다 심장에겐 손가락도 없다 하여 그것이 자신을 전하는 방법은 그저 쿵쿵 뛰는 것이다 그러면 연필이 리듬에 맞춰 흔들리며 주름진 뇌의 어디 평평한 곳에 문장을 새긴다 기실 나의 연서는 다 그렇게 적힌 것이다 그걸 읽어주는 것이 혀의 몫인데 그 놈은 천치에 머저리라 자주 단어를 빼먹고 악센트를 엉뚱한 데 둔다 그러니 비뚤게 쓰인 그 뜨거운 박동을 제대로 읽지 못한 것은 당신의 잘못이 아니다 다만 늘 내가 문제다 마음을 문장으로 빚고 문장을 표현으로 내는 것은 항상 어렵다 당신은 나의 얼마를 듣고 얼마를 읽었을까 그러나 당신이 한 줄도 듣고 읽지 못했대도 세상에 당신의 탓은 없다 서툴고 재주 없는 것도 어쩌면 죄다 당신이 아팠다면 그렇다 이러지 않기로 했는데 자꾸 내가 미워져 문득 울어버린다 눈물을 숨기지 않고 비치는 것은 이 자책을 당신이 가엾이 여겨주길 바라기 때문이다 그렇다 이건 다 변명이고 구걸이다 나의 사과란 이렇게 비겁하다 나는 불쌍하다 당신이 다시 사랑해주기 전까지 나는 계속 불쌍하다 당신의 닫힌 문 앞에서 나는 밤새 노크할 수 있다 똑똑, 똑똑.

모르고

　사실 나는 마땅한 장래희망이 없고 누구를 마음에
들이는 일이 지겹고 당신을 오래전부터 싫어해왔다고,
전하지 못할 고백을 입안에서만 곱씹었다. 당신이 좀 더
사려 깊은 사람이었다면, 내가 미소 지을 때 못다 짓이겨
진 험담들이 치아 사이마다 더럽게 끼어있는 것을 발견
할 수 있었을 것이다. 그러나 우리는 상냥하리만치 서로
에게 무관심하였으므로, 느닷없는 고백으로 죽일 듯 싸
우지 않고도 얼마든 함께 시간을 죽일 수 있었다. 물론
당신과 함께하는 시간이 길어질수록 할 말은 줄어들었
다. 견디다 못해 나는 스스로를 조롱거리로 내다 팔았고,
그러자 맞은편에 앉은 당신은 쾌활히 웃으며 그것 참 재

미있는 농담이라고. 숙련된 배우인 내게 위선의 표정은 습관처럼 익숙하고 편안한 것이었다. 당신의 웃음은 무대 위에서 받는 박수갈채와 같았고, 나는 스스로의 사교성에 거의 자부심을 느낄 정도였다. 아, 정말이지, 당신이란 사람. 나의 민낯을 모르는 당신에게 나는 얼마든 유쾌해질 수 있었다. 어쩌면 당신 역시 나와 같을지도. 그러나 그것이 두렵지는 않았다. 당신이 깔깔댈 때마다 나는 당신의 목을 비트는 상상을 하며 따라 웃었다. 우리는 서로에 대해 무지하였고, 해서 그만큼 친절하였다. 그만큼 미워하였다.

밑줄

　너는 함부로 그어져 그게 퍽 중요한 것처럼 구는구나.

　쓰인 말은 쓰인대로 그저 전부인 것을. 닫아둔 페이지 사이의 새까만 잉크는 바래지 않아도, 마음은 시간 지나면 하얗게 바래지는 것을.

　돌아보면 마음도 다 한때인데 어쩌겠다고 너는 지난 일기의 페이지마다 그렇게 함부로 그어져 있느냐. 가슴 뛰었던 것이 어쨌다고, 밤새 운 것이 어쨌다고, 그이의 다정함과 성실함이 다 어쨌다고. 지나면 이렇게 다 마음 없는 역사로만 남을 말들인데 왜 굳이 너는 거기 그어졌단 말이냐.

　보아라, 색 없는 글자 아래 너만 새빨갛구나.

나는 아문 지 오래인데 너만 피를 뚝뚝 흘리는구나.

말

읽고 쓰고 말하기만 겨우 하는
반쪽짜리 모국어 안에 나는 갇혀있다
평생을 배우고 써온 말이지마는
이 언어로는 마음을 제대로 발음해 본 적이 없으니
내게는 능통한 언어가 없다
그러니까 나는
혓바닥과 입천장 사이에서 외롭다
낱말과 낱말 사이 공백에 서있다
목젖에서 입술까지의 거리는 아득하여
뛰다가는 쉼표에 걸려 넘어지기 십상이고
가끔은 마침표에 이마가 찢어져 피를 흘리기도 한다

떨어진 핏방울들은 꼭 말줄임표처럼 보인다

말하지 못한 통증들은 그렇게

점 여섯 개짜리 침묵으로 환산된다

오해와 오독의 삶을 살았다

그것이 미치도록 서럽다만 탓할 것은 따로 없다

하여 이제 그만

혀를 깨물고 손가락을 분지르기로 한다

주변인

1

사랑하는 P.

네게는 일기장 한 권이 있었다. 너는 그것을 내게
몇 번 보여주기도 했다. 일기는 편지의 형식으로 쓰여 있
었고, 수신인의 이름은 P였다. 안네 프랑크를 흉내 낸 것
이라고 너는 고백했다. 분명 그 편지를 받아보는 이는 너
자신일 텐데, 왜 하필 P일까. 나는 그것이 궁금했다. 너
의 이름에는 P라는 글자가 들어가지 않았으니까. 해서
그 점을 묻자 너는, 입술이 닿았다 떨어질 때 파열하며
흩어지는 그 발음이 외로워서, 라고 답했다. 나는 천천히
P, 하고 발음해 보았다. 한숨 같은 목소리가 공기 중으로

포르르.

2

너는 스스로의 아픔으로 빛이 나는 아이였다. 혹자
에겐 그저 흉으로 남을 상처들이 네게는 어떤 연마나 조
각의 과정이 되는 모양이었다. 그리스의 옛 석상들처럼,
긁히고 할퀴일수록 너는 아름다운 신의 모습을 드러내었
다. 그러고 보면 너는 대리석을 닮았더랬다. 단단한가 싶
으면 무르고, 투명한가 하면 희뿌연 것이. 어쩌면 너의
그 품성이 이미 오래전부터 상처 많은 삶을 예고하고 있
었는지도 모른다.

너는 내게만 그 부조된 상처들을 고백했으나, 나로
서는 아무리 들여다보아도 그 혼란스러운 속성을 이해
할 수가 없었다. 내게는 너처럼 향기롭고 우아한 상처 따
윈 없었으니까. 나의 상처는 이를테면 안경알을 흐리는
잔금처럼 사소하고, 보기 싫고, 불편하기만 한 것들뿐이
었다. 해서 나는 끝내 네게 무지하였다. 그저 대리석처럼
매끈한 아름다움이, 내가 네게서 느끼는 전부였다.

3

사람들은 왜 너와 같이 아름다운 소녀가 왜 나처럼 초라한 아이를 아끼는지 의아하게 여겼다. 아무도 소리 내어 묻지는 않았지만, 아마 그랬을 것이다.

실은 나조차도 그 이유를 궁금하게 여겼으니까.

너는 늘 아이들의 중심에 있었다. 별 말을 하지 않아도 그랬다. 누구든 너를 감동시키고자 입을 열었고, 네가 웃음과 눈짓을 되돌려주기를 기다렸다. 다정하고 잘 웃는 너를 사랑하지 않는 사람은 없었다.

반면 나는 색깔이 없는 여자애였다. 누구의 추억에 서든 배경으로도 존재하지 못할. 관계의 외곽에서 서성이다 무리로부터 가장 먼 자리에 털썩 주저앉아버린. 무엇을 팔아도 눈길을 살 수 없어 차라리 투명해지길 바라던 아이였다.

우리는 서로의 이름과 생김을 알았지만, 가까이 서서 목소리를 나눠본 일은 없었다. 하여 너와 나의 세상은 섞여본 적이 없었고, 그 안에 속한 우리도 서로에게 낯익은 타인일 뿐이었다.

우리가 친구가 되기로 한 순간, 그 직전까지도 말이다.

4

초여름의 체육 시간이었다. 그때 나는 생리통을 견디지 못해 수업 중간에 조퇴를 하고 교실로 향했다.

교실에 이르는 복도는 텅 비어있었다. 묘하게도 편안한 기분이 들었다. 왁자한 운동장과 아이들이 들어찬 교실들 사이의 고요. 그 좁은 고요의 안을 걷고 있는, 나. 그것이 어쩐지 마음 편했다. 이런 자리가 내게 어울린다는 생각을 했다.

비어있을 줄 알았던 교실에는 네가 있었다. 까딱, 고갯짓으로 어색한 인사를 보내고 자리에 앉은 내게 너는 물었다. 조퇴했니? 나는 굳은 입술을 겨우 움직여 대답했다. 응, 너는? 네가 미소를 지었다. 나도, 생리.

대답을 끝내고도 너는 내게서 시선을 거두지 않았다. 다른 화제를 기다리는 것처럼. 그러나 내겐 이야깃거리가 없었다. 눈을 피하자 너도 창밖으로 눈길을 돌렸다. 대화가 끊긴 자리에 침묵이 흘렀다.

— 있지, 이렇게 멀리서 사람들을 보고 있으면 어쩐지 마음이 놓이지 않니?

삼 분쯤 지났을까, 창밖을 내다보던 네가 불쑥 정적을 깨트렸다. 나는 적당한 대답을 궁리했다. 하지만 너는

처음부터 그것을 기다린 적이 없다는 듯, 마저 말을 이었
다. 혼자일 때가 차라리 덜 외롭다니, 이상하지. 나는 고
개를 끄덕여 동의의 뜻을 전했다. 하지만 네가 그것을 보
았는지는 알 수 없었다. 그때까지도 너의 시선은 계속 바
깥을 향하고 있었으니까. 또 얼마의 침묵이 지났을까, 문
득 너는 고개를 돌려 나와 눈을 맞췄다. 그리고는 지금
막 생각났다는 듯이 말했다.

　　— 너, 나랑 친구 할래?

　　— … 왜?

나는 물었고,

　　— 글쎄, 같은 아픔을 갖고 있는 것 같아서.

너는 답했다.

나는 너의 그 답변을 곰곰이 생각하다 되물었다.

　　— 생리통?

너는 웃음을 터트렸다.

그렇게 나는 너의 친구가 되었다.

5

너는 내게 무엇이든 털어놓았다.

너는 사실 웃음보다는 숨긴 눈물이 많은 아이였다.

그해 여름, 네가 내게 처음으로 고백한 것은 네 무리 중 가장 너와 친한 A에 대한 것이었다. 너는 그 애가 사실 밉다고 했다. 좋아서 싫다고, 딱 그 좋아하는 만큼 밉다고 했다.

네게는 누구도 이해 못할 선천의 병이 있었다. 어느 날은 사랑으로, 어느 날은 미움으로 너는 밤새 앓았다. 그 병의 기원에 대해서는 너 자신도 알지 못했다. 너의 마음은 도무지 길이 들지 않았고, 함부로 날뛰는 그 마음으로 제일 상처 입는 이는 언제나 너였다. 그러나 너는 그것까지도 다만 견뎠다. 치미는 눈물을 삼키기 위해서는 더 많이 웃어야 해. 너는 말했다. 어쩌면 그것이 네 상냥함의 비결이었다.

6

잎들이 초록을 덜어내기 시작할 때쯤에는, 네가 왜 오직 내 앞에서만 우는지도 알게 되었다.

당위 없는 외로움은 동정받지 못했으므로, 너는 감히 외롭다 말할 수 없었다. 너는 건강한 양친과 여동생 한 명, 잘생긴 애인들, 저마다 단짝임을 주장하는 여러 친구들을 가지고 있었다. 해서 사람들은 너의 고독을 사치로 여겼다. 그들은 가끔씩 너의 눈에 스치는 쓸쓸한 빛을 멋있게 여기면서도, 도대체 뭐가 모자라서, 라는 말을 쉽게 입에 올렸다. 아무도 네가 외로울 수 있다는 것을 몰랐다.

너는 그때마다 죽고 싶었다.

사실 네 시계줄 아래에는 이미 리스트 컷의 흔적이 있었다. 아버지께 선물로 받았다는 그 시계는 알 만한 이름의 값비싼 물건이었다. 사람들은 그 빛에 홀려 너의 손목을 들어 올리고 장치의 정교함을 한참 살피곤 했으나, 그 밑의 곪은 상처는 누구도 발견하지 못했다.

너는 그렇게 조금씩 죽어갔다.

7

바람이 제 몸을 조금씩 더 날카롭게 벼리던 계절에, 너는 남자친구와 헤어졌다. 그해 세 번째의 애인이었다.

사실 들어보면 그 이전의 편력도 화려했다. 너를 거쳐 간 이들 중에는 아역 배우를 했던 이웃 학교의 소년도, 면도를 해본 적이 아직 없는 연하의 아이도, 과외를 봐주던 유명 사립대의 학생도 있었다. 심지어는 차를 몰고 쫓아다니던 삼십 대의 남자도, 허리까지 오는 머릿단으로 유명한 옆 반의 여자애도 있었다. 너는 구애를 거절해본 적이 없다고 했다.

물론 네 연애의 기간들은 그리 길지 않았다. 네 미소 너머의 결핍을 목격한 사람들은 하나같이 그것을 채워주고 싶은 충동을 느꼈고, 그리하여 너를 사랑했지만, 부어도 채워지지 않는 너의 빈 마음은 이내 그들마저 외롭게 만들었다. 네 연인들은 나을 기미 없는 네 외로움을 오래 견디지 못해 곧 떠났다.

다행이라면, 너와의 연애 태반이 고통이었음에도 그들이 너를 증오하기보다는 동정했다는 것이다. 사실은, 어여쁘고 재주 많은, 부유하고 병이 없는 너를 감히 동정하는 이들이라곤 그들뿐이었다. 오직 너를 사랑해본 사람만이 네가 얼마나 가엾은지를 알았다. 그러나 너를 동정하는 이들은 모두 가여운 너를 두고 떠나버린 이들이기도 했다.

그해 세 번째 이별로부터 얼마 지나지 않아 첫눈이 내렸다. 그리고 그날 네 번째 남자가 네게 사랑을 고백했다. 너는 대답을 미루고 나를 찾았다. 거절할까, 묻는 네게 나는 별다른 대답을 줄 수 없었다. 너는 입 다문 나를 끌어안고는, 누군가를 만날 때마다 이번에는 이해받을 수 있으리라 기대하고 마는 자신이 한심하다고 했다. 잠시 후 네가 몸을 떼었을 때, 나는 네 얼굴을 살폈다. 너는 코끝을 올리며 웃고 있었다. 그것이 울음을 참을 때의 네 버릇임을 알고 있었으나, 나는 그저 고개를 주억거리기만 했다.

8

그때 내가 너를 위로하지 못했던 것일까, 아니면 위로하지 않았던 것일까. 웃고 우는 것이 버거워 아예 늙고 싶다던 너를, 나는 흠모하고 경외했었다. 내게 외로움을 토설할 때 엿보이는, 너의 축축한 세상. 나는 사실 그것을 사랑했다. 색이 없던 내게 짙고 선명한 너의 우울은 너무나도 매혹적인 것이었으므로. 하여 너는 내가 손을 잡아주길 바랐으나, 나는 그 손등에 무릎 꿇고 입을 맞추길 원했다. 그랬다. 우리는 외로웠으나 결코 같은 방식으로 외롭지는 않았다.

문제는 우리 둘 다 그것을 알지 못했다는 것이다.

9

너는 크리스마스 다음 날 옥상에서 몸을 던졌다. 색

색 조명이 엉킨 덤불 위에 떨어진 너는 잠든 듯 우아한 모습을 하고 있었다.

너의 시신은 내가 맨 처음 발견했다. 할 말이 있으니 아침 일찍 보자는 너의 메시지를 받고 남들보다 한참 앞서 등교한 덕이었다. 나는 곧장 구급차를 불렀다. 스스로 놀랄 정도로 침착했다.

왜 죽었을까, 따위는 궁금하지 않았다. 내가 아는 너는 언제든 죽어버릴 수 있는 소녀였으므로. 구급차가 도착하기 전까지의 몇 분 간, 네 시신 곁에 서서 내가 생각한 것은 그저 이런 것이었다.

어쩜 너는 죽어서도 이렇게 아름다울까.

10

사람들은 너의 죽음이 의아하다 입을 모았다. 경찰이 학교를 몇 번 오갔다.

선생들은 너의 우수한 성적표를 제출했다. 아이들은 너의 명랑한 웃음을 진술했고, 듣자 하니 너의 부모님은 네가 맡고 있던 직책 몇 가지를 증언했다고 했다.

아무도 너의 눅눅한 베갯잇과 오래된 일기장에 대해서는 이야기하지 않았다.

11

이야기하지 못했던 것일지도 모른다. 너는 오직 내게만 스스로를 고백하였기 때문이다. 눅눅한 베갯잇과 오래된 일기장을 아는 이. 어쩌면 내가 너의 죽음의 진상을 밝힐 유일한 증인이었다.

심지어 나는 너의 일기를 가지고 있었다. 무슨 생각에서인지 너는 그것을 내 책상 서랍 안에 넣어두었던 것이다. P, 하고 스스로를 부르던, 네가 가진 모든 외로움과 괴로움을 색이 진한 잉크로 적어놓은 그 일기를.

그러나 나 역시 내가 아는 전부를 진술하지는 않았다. 너를 모르는 이들은 너의 우울을 단순한 질환으로 여기리라 생각했기 때문이다. 사람들은 비싼 손목시계 아래에는 흉터가 살 수 없다고 믿었다.

— 잘 모르겠어요. 그날 아침에도 뭔가 하려던 말이 있었던 것 같기는 한데…….

내가 털어놓은 것은 그 정도의 이야기였다. 경찰이 그 이상의 것을 추궁하진 않았다. 네가 왜 내게 메시지를 보냈는지에 대해서도, 내가 왜 더 일찍 학교에 오지 못했는지에 대해서도. 얼마 후 너의 죽음은 자살이라 발표되었다, 공식적으로. 내게는 그 결론에 동의하는 것 외의 선택지가 없었다.

12

네가 떠나고 한 달이나 되었을까. 누군가 너의 죽음이 어쩐지 낭만적이지 않냐고 말했다. 다른 누군가가 고개를 끄덕이며 네게 어울리는 죽음이었다고 말했다. 그 애는 어딘가 그런 구석이 있었지. 또 누군가가 말을 보탰고, 둘 사이의 속삭임에서 시작된 이야기는 교실 전체로 번지기 시작했다.

외롭다는 말을 자주 했지. / 우울증이었나? / 걔 좀 이상했어. / 빈 교실에 혼자 앉아있는 걸 본 적이 있어. / 너 걔랑 친하지 않았니? / 똑똑했잖아. / 책을 너무 많이 읽어서 그런 거 아냐? / 집도 부자였을 걸. / 그 독특한 분위기가 멋있었는데. / 공주 같았지. / 언젠가 저지를 것 같았다니까. / 제목 이상한 시집 같은 거 읽더라고. / 어쨌든 멋있었어. / 죽는다면 그렇게. / 가장 아름다울 때 지는 꽃잎처럼.

아무나 너의 이야기를 했다.

13

그 목소리들은 어디 먼 데서 들려오는 것처럼 귓바퀴에서 웅웅 울렸다. 그들은 이제 몰이해의 축축한 진흙 속에 너를 묻어버리고 쉽게 편안해지려는 것처럼 보였다. 갑자기 멀미를 하는 것처럼 구역질이 났다.

나는 너를 보호하고 그들을 비난해야 했다.

그들의 무심한 동경이 너의 목을 졸랐노라고, 서서히 숨을 빼앗고 혼자 떨어지게 내몰았노라고, 소리 내어 외쳐야 했다. 너는 까닭 없이 외로운 아이였고, 네게 필요한 건 그 이유를 묻는 대신 그저 외로운 그대로의 너를 안아주는 것뿐이었다고. 불가해함은 몰이해의 변명이 될 수 없고, 이해받을 수 없는 외로움이 아니라 이해하지 않으려는 무심함이 너를 죽였던 것이라고.

나는 말해야 했다. 네가 죽어서까지 그들의 안이한 외면 속에 남도록 내버려두어선 안됐다.

14

그러나 나는 아무 말도 하지 않았다.

그들의 말대로 너는 고고하고 낭만적인 죽음이 어울리는 소녀였으니까.

어쩌면 너의 죽음이 네 신상(神像)을 완성시키기 위한 마지막 끌질이었는지도 모른다. 그리고, 사람들은 말끔한 조각상을 찬미하지만 조각칼에 묻은 혈흔에는 관심이 없다.

하여 나는 끝내 침묵했다. 섣부른 진실로 감히 너의 신상을 망가트릴 수 없었다. 나야말로 너의 첫 번째 신도였으므로.

15

그리하여 너의 피살사건은 끝내 자살로 종료되었다. 그리고 내겐 너를 닮은 비밀 하나가 남았다. 제출되지 않은 증거물, 너의 외로움. 이 비밀이 나 또한 외롭게 만들까? 잠을 내쫓고 손목에 상처를 낼까? 그로 새겨진 상처와 불면의 밤들은 너의 것처럼, 우아하고 아름다울까?

그런 생각을 했다.

그리고 벌써 몇 해가 지났다.

16

사랑하는 P.

언젠가 너는 잘 익은 상처에서는 향기가 난다는, 누군가의 시를 읊어준 적이 있었다. 열일곱의 나는 너의 상처를 사랑했다. 너의 외로움을 사랑했다. 너의 눈물과 통증을, 너를 향기롭게 하는 그 모두를 끔찍이도 사랑했다, 사랑해 마지않았다. 그것이 거짓말은 아니다.

그러나 사랑하는 P.

너의 일기를 들추어 볼 때마다 내게는 무서운 의문이 든다. P가 정말 너의 이름이었을까, 하는.

아, 너와 내가 함께였던 날들이 있었다. 아름답게 깎여나가는 너를 숭앙했던 그 나날들. 기억을 되짚어보면 너는 항상 코끝을 찡긋거리며 웃고 있었다. 차마 울음을 터트리지 못하는 너는 혹시 나를 부르고 있었을까. 입술 끝에서 파열하는 그 외로운 발음으로.

P, 어쩌면 내가 너를 죽인 거니.

이제 와 나는 묻는다. 다신 갱신되지 않을 일기장에, 너의 글씨체를 흉내 내어 쓴다. 뒤늦은 고해를 네게 편지처럼 부치고, 비굴하게 묻는다.

혹시, 어쩌면, 내가 너의 P였니.

갑자기 펜촉에서 제비꽃 색깔의 잉크가 왈칵, 쏟아지고 백지 위의 말들은 번진다.

차마 물음표의 고리를 그리지 못한 채 나는 무너진다.

대답해 줄 너는 없다.

다섯 번째 장

감은 태엽이 다 풀리기 전까지
시침은 멈추지 않는다
하여 나를 무섭게 하는 예감들
언젠가 부모 없는 자식이 되리라는 것
사랑했던 얼굴들이 오직 사진 속에만 남으리라는 것
지켜진 적 없는 약속들도 곧 잊혀지리라는 것
아, 나의 재산은 모두 잃었거나 잃게 될 것들뿐
그러나 또 그만큼 명백한 경험들
깊게 패인 자리는 쉬이 아물지 않고
만날 수 없는 것들은 내내 그립다는 것
잃어보려 해도 잃어지지 않는
부재의 부피
감은 태엽이 다 풀리고 나면
시침은 더 가지 않는다
기우는 달이 서러워지는 어느 밤에
문득 가늠해본다
죽은 시계만이 증명할 수 있는
저 쓸쓸한 확률

영원의 (불)가능성

굳은 살

함부로 사랑하지 않을 자신이 이제는 있노라고, 너는 말했다. 다시는 누구도 저를 울게 하지 않으리라고.

나도 이제 제법 강해졌거든, 말하는 너의 눈은 쓸쓸했다. 나는 다만 어깨를 으쓱했다.

거친 바람에 오래 시달리다 단단히 굳는 것은 강해지는 것이 아니라 다만 무뎌지는 것이다.

그런 말은 하지 않았다.

오늘의 너는 그 단단함을 무슨 훈장처럼 여기지만 나는 네 보드라운 살결을 기억한다.

쉬이 다치고 피 흘리는 여린 그 손이, 붙잡기엔 더 좋았다.

그런 말도 하지 않았다.

나도 아파본 적이 있어, 그런 말들은 다 속에 삼켰다.

붙잡은 네 손은 거칠고 온기가 없었다.

그러나 말하지는 않았다.

하늘

좋은 데 갔을 거라고 했다.

천국은 산타클로스처럼 못 미더운 것이었으나, 또 그처럼 믿어보고 싶은 것이기도 했다. 우는 아이 입에 사탕 물리듯, 객들은 싸구려 위로를 적선했다. 속는 셈 든 자니 점점 뿔이 나기 시작했다.

당신이 가면 또 얼마나 좋은 곳을 갔을 거라고. 한 번도 나 없이는 어디 멀리 간 적 없는 당신인데. 그 어떤 영화도 혼자서는 누릴 줄을 모르고, 좋은 건 항상 내가 먼저였던 당신인데.

생의 다음이 있을 거라고 했다.

서툰 위로는 않느니만 못할 텐데, 사람들은 함부로

나를 동정했다. 거기서 제일 가여운 이는 다시 눈 못 뜰 당신인데, 사람들은 내 얼굴을 살피느라 바빴다.

식사도 않고 떠나는 이가 있는가 하면 웃고 떠들며 한참 머무는 이도 있었다. 당신의 오랜 친구라는 사람은 꼭 동창회 간사처럼 굴었다.

그들의 무심한 쾌활함은 생의 다음을 믿는 데서 오는 걸까, 나는 생각했다. 당신의 친구들이 밉다가 또 부러워지다 했다. 믿으면 슬픔이 저리도 덜어질까.

그래도 믿지는 않았다. 나 없는 어디서 살아갈 당신을 그리면 심통이 나서 그랬다. 당신 없는 내일, 모레가 내게 아무 의미 없듯 당신의 시간도 아예 끝이길 바랐다.

그건 못되고 인색한 마음이라고, 먼저 간 당신에겐 어차피 말할 자격이 없다.

당신 보낸 날 그런 일들이 있었다. 그런 생각들을 했었다.

그리고 시간이 많이 흘렀다.

당신은 영영 떠났고, 하늘은 두꺼운 공기층이고, 그 너머에는 까마득히 고요한 어둠뿐이다.

여전히 그게 나의 믿음이다. 구름 위의 낙원 같은 것은 도무지 믿을 수가 없다.

그러나 가끔 고개를 젖히고 가만히 저 위를 올려다보곤 했다. 들여다보면 말간 당신 얼굴이 보이는 듯도, 아닌 듯도 했다.

저 구름 생긴 모양이 당신 눈썹을 닮은 듯도, 아닌 듯도.

흐린 날에는 공연히 더 슬펐다.

경험

향수는 평생의 지병이다.

양수 바깥은 다 이국이었다.

바다는 원래 그렇게 짜고 눈물도 그렇다.

짠물을 품고 산다는 게 놀랄 일은 아니다.

당신 손이 깨끗해 감히 붙잡지 못하는 것이 사랑이고,

떠나는 내 손이 더러워도 붙들고 마는 것이 사랑이다.

하늘의 정확한 색깔은 우리 눈 안쪽에만 쓰여 있다.

까만 구름이 우울한 까닭은 당신이 울고 싶은 탓이다.

우리는 공통의 사전을 가져본 일이 없다.

동음의 단어는 너무 많고 그것들이 이의함은 아프다.

다른 것은 대개 틀린 것이다.

그렇게 믿어야만 옳은 사람이 될 수 있다.

약속은 영원과 무한에 대한 낭만적 믿음에 근거한다.

그러나 약속을 지키겠다는 약속은 불가능하다.

함부로 어깨를 기대는 것은 무례다.

함부로 어깨를 내어주는 것도 그렇다.

딛고 선 흙바닥도 원래는 거암이고 태산이었다.

사실은 이미 부서진 것들이 제일 단단하다.

오해와 불신은 부정확한 표현에 따르는 형벌이다.

물론 마음에 정확한 발음은 없고 그게 죄는 아니다.

당신도 홀로 선 것들을 가엾이 여겨주어야 한다.

우리는 언젠가 모두 고아가 된다.

그리워할 사람 하나 없어도 그리운 마음은 있다.

그러니 아무도 혼자였던 적은 없다.

그러나 아무도 혼자가 아니었던 적은 없다.

세상의 누구를 곁에 두어도 외로울 때는 외롭다.

한 뼘

 아이야 너는 어제보다도 키가 컸구나!

 가만 보면 신기해라, 사람이 자라는 일.

 아버지, 기억나세요? 어릴 적엔 곧잘 바닥에 모로 누운 아버지를 등반하고 놀았지요. 말 그대로 조막만 한 제 손은 상상 속에서 이름 없는 모험가가 되어, 두 손가락을 다리 삼아 아버지를 걸어 올라갔지요. 엄지와 중지를 오므렸다 폈다 하며 말이에요. 그 두꺼운 발톱서 곱슬머리 시작하는 앞이마까지, 서른 뼘을 걸어도 정상에 이르기가 어려웠어요. 크고 높은 나의 아버지.

 아버지, 어제 당신은 술 취해 벌게진 얼굴로 찬 바닥서 까무룩 새우잠에 드셨지요. 솜 빠진 이불을 덮어드리다 문득 어린 날처럼 당신을 걸어올랐어요. 동그랗게 말린 몸은 애처롭고 저는 금방 슬퍼졌어요.

아홉 뼘 반의, 우리 아버지.

어쩌다 저는 이렇게 커버렸을까요. 당신이 너무 작아져 내 손바닥만 해질까 무서워요.

아이야 어쩜 네가 크는 만큼 세상이 오그라드는지도.

돌아보면 쓸쓸해라, 사람이 자라는 일.

졸업

내일 또 볼 사람들처럼 무심히 인사하고 우리는 이제 정말 남이 되는구나. 이 성의 없는 안녕을 언젠가 나는 꼭 후회할 것 같은데, 너를 붙잡고 새삼 애틋이 굴기엔 또 조금 부끄러워.

울음을 참느라 코끝을 찡그리면 간지럼을 타는 듯한 표정이 돼. 너는 구겨진 내 얼굴을 쳐다보다 웃음을 터트리고, 나는 갑자기 이 모든 일이 아무 것도 아닌 것처럼 느껴져.

그래, 우리는 요란한 이별 대신 서로를 비웃고 마음껏 놀려주자. 익숙한 농담을 반복하고 연락처는 굳이 묻지 말자. 그냥 이렇게 손을 흔들고 돌아서 걷자.

내일 또 만날 사람들처럼, 내일 또 만날 사람들처럼.

예정된

모든 것에는 끝이 있으매, 끝을 사랑했다.

누구의 삶이든 그것에 대한 가장 정확한 평가는 묘비명에 적힐 것이라 믿었다. 그렇게 믿어야 죽을 때까지 살아볼 용기가 나는 것이었다.

모든 것에는 끝이 있으매, 끝을 사랑했다.

나는 시들어 죽어가는 것에 대해서만 썼다. 오직 잃고 이제 내게 없는 것들에 대해서만 썼다. 태양이 가장 찬란한 순간은 저물어 수평선 너머로 삼키어져 갈 때이고, 태양이 가장 그리운 순간은 새까만 밤중이라고 썼다.

모든 것에는 끝이 있으매, 끝을 사랑했다.

훌륭한 피날레를 준비하지 못한 영화는 지루한 장

면의 반복 끝에 페이드아웃을 맞을 수밖에. 어떤 이야기도 마지막 페이지를 피할 수 없다면, 할 말을 다하여 초라하게 흐려지는 이야기보다 결말을 위해 색을 아껴두는 이야기가 낫다고 생각했다. 해서 내게 살아가는 일이란 엔딩 씬만을 위한 극본을 쓰고 그것을 충실히 연기하는 일. 삶의 대부분이 맥거핀이 될지라도.

모든 것에는 끝이 있으매, 끝을 사랑했다.

오늘 끝나지 않은 것들이 내일 엉망이 될까 봐 두려웠다. 세상은 결국 잃게 되고 잊게 되고 헤어지고 망가지고 부서지고 사라지고 흐려지고 녹아버리고 흩어지고 닳아지고 없어지는 것들로 이루어져 있는 것 같았다. 내겐 오직 끝나버린 것들만이 불변하여 완전해 보였다. 하여 내 사춘기의 고민 대부분은 숨이 멎기 전에 근사하게 죽는 방법들에 대한 것이었다.

모든 것에는 끝이 있으매, 끝을 사랑했다.

해야만 했다. 그렇지 않으면 무엇을 사랑하여도 비극일 뿐이니까. 사실은 영원을 동경했다. 무한을 소망했다. 우리의 생이 유한하여 아름다운 것, 이라는 오래된 경구는 얼마나 가엾은 거짓말인가. 나는 그 거짓말로 대체 누구를 속이고 있는가.

아, 비참하다.

사랑해야만 하는, 그런 척이라도 해야 견딜 수 있는, 이 모든 필멸의 것이 비참하다.

그러나 낙엽 아래 매미의 시체여, 그쳐버린 노래여. 이 문장에도 결국에는 마침표가 찍힐 것을 나는 안다.

상실과 이별은 숙명이다. 문장은 늘 다 말하기 전에 끝나버렸고 이야기는 완전해지기 전에 완결되었다.

비탄과 고통 속에서 죽지 않으려면 차라리 그것을 사랑해야 한다.

모든 것에는 끝이 있으매,

헤어짐이 아프지 않기 위해 나는 기꺼이.

작별

모든 관계엔 끝이 있어 아름다운 것이라는
싸구려 격언으로 스스로를 위로하지는 않을 거라고,
열아홉의 나는 생각했다.
어차피 다들 영원을 꿈꾸는 주제에,
어떻게 그런 거짓말을.

타인

우리는 밤의 끝까지 함께 걸었다.

그 시절 우리는 미지근한 불안으로 새까만, 밤의 시간을 살고 있었다. 물려받은 가르침만이 밤을 헤칠 유일한 구명줄인 줄 알고, 그것만 꼭 붙들고 있었다.

공부만 열심히 하면 돼. 어머니의 그 말을 신앙처럼 믿었다. 아버지가 남들 앞에서 간증이라도 하듯 내가 다니는 고교의 이름을 외면, 사람들은 내게 경외의 시선을 보냈다. 자랑스러운 그들의 성자로 남기 위해, 나는 더욱 더 믿어야 했다. 공부만 열심히 끝내 구원받으리라, 그것은 익히고 지켜야 할 교리였다. 가끔씩 부모님은 나의 신실하지 않음을 꾸짖었고 그럴 때 나는 죄책감을 느꼈다. 누구의 집이나 모두 그러했다. 그리하여 그 밤을 살던 우리 모두가, 맹목적 신자였던 것이다.

너와는 가끔 멋대로 학교를 빠져나와 산책을 하는 사이였다. 가로등의 주홍빛이 가끔 너의 옆모습을 비추었다. 너는 내가 그때마다 곁눈으로 네 그 뚝 떨어지는 콧날을 자꾸 훔쳐본다는 것을 눈치채지 못했다.

밤을 걷는 내내 너와 나는 서로의 귓가에 입술을 대고 떠들었다. 혹시 네가 듣지 못할까 봐. 우리의 화제는 대개 지나간 과거였다. 어릴 적의 장래희망이나, 중학교 때 첫사랑이라든가, 처음으로 아버지와 싸웠던 일 같은 것. 가끔은 미래를 얘기하기도 했다. 이번 겨울에 있을 시험이나, 아직 만나지 못한 이상형이라든가, 이렇게 살다가는 무엇이 되어버릴지 몰라, 하는 농담 같은 것.

밤은 길고, 우리는 걷는 것 말곤 할 줄 아는 것이 별로 없었다. 캄캄하고 미지근한 밤이 우리가 사는 곳이었다. 앞이 보이지 않아 답답하고, 또 앞이 보이지 않아 포근한.

그런 봄과 여름과 가을의 밤을 우리는 걸었다. 계절은 빠르게 지났고, 오지 않을 것 같던 11월이 코앞에 닥쳐왔다. 내일 아침이 와도 우리는 함께 걷고 있을까, 내

내 맴돌던 그 질문을 끝내 나는 묻지 못했다. 분명 상냥할 너의 대답이 두려웠다. 네 입술이 짓는 그 무책임한 약속들을 덜컥 믿어버릴까 봐.

마침내 수능 날 아침이었다. 단 하루 만에, 그 길었던 밤이 뒤집혔다. 시험은 우리를 뿔뿔이 갈라놓았고, 기다리던 햇살은 생각만큼 찬란하지 않았다. 그러나 당장 눈앞에 주어진 자유는 우리를 취하게 하고도 남았다.

다들, 그러니까 나나 너도, 즐거웠다. 나는 친구들과 조금 멀리 기차여행을 다녀왔고, 너와 몇 차례 통화를 했고, 대부분의 시간을 집에서 귤이나 까먹으며 보냈다. 그해 겨울은 그리 춥지 않아서, 눈도 몇 번 안 왔다.

해가 바뀌었다. 북쪽 어디로 슬금슬금 멀어지던 추위가 철모르고 피어난 꽃망울에게 으름장을 놓으러 되돌아 올 즈음, 졸업식이 찾아왔다. 좀 더 극적일 줄 알았던 나의 십대가, 그리고 십대의 끝이 그렇게 지났다.

졸업식 날 우는 아이는 적었다.

그렇게. 그렇게. 대단한 사건도 없이.

천천히. 다른 모든 아이들처럼.

너와 나는 남이 되었다.

신앙은 약속했던 구원을 쉬이 내놓지는 않았다. 심

오한 믿음의 체계란. 실은 오늘을 팔아 죽도록 배우고 일한 자에게만 구원이 온다나. 미처 알지 못했던 또 다른 교리를 다시 되새기며 나는 허덕였다. 바쁜 하루를 보내고 혼자 돌아오는 밤거리에서 간혹 네 생각을 했으나, 그뿐이었다.

한참 뒤의 어느 술자리에서 너의 이야기를 꺼낸 적이 있다. 모든 슬픔이 농담거리가 되어버리는 그런 자리에서. 그 누구의 사연처럼, 짧고 시시한 나의 이야기도 쨍그랑 술잔 부딪치는 소리 사이로 그냥 흘러가 버렸다.

그런 게 어른이 된다는 거야, 하고 누군가가 우쭐대며 말했다.

여섯 번째 장

참아도 멎어지지 않는
이 숨이 병이라
체념이나 비관은 별 소용이 없고
농담과 외면도 도움 되질 않더라고요
그러나 오직 그것들로만 견뎌야 하는
견뎌지는
생
누군가 그러더라고요
가진 병이 깊어질 때에
적을 수 있는 문장은 단 한 줄이라고
그건 아마도 이 모든 통증에 대한
진단이자 처방

삶, 그리고 아직 죽지 않음

추위

얼어 죽어도 모르리라.

나도 한때는 손발이 뜨거운 소년이었다. 밤이면 내일모레의 꿈을 꾸고 아침을 기다리는 아이였다. 도무지 어른이 될 것 같지 않았고 날들은 무수했다. 그리하여 그 어린 날을 아까운 줄 모르고 썼다.

웃는 날만큼 우는 날이 있었다. 어느 날엔 구름을 잡을 듯 행복으로 떠오르다 다음 날엔 흙바닥에 뺨을 비비며 눈물 흘리는 것이 퍽 공평한 거래라고 생각했다. 삶의 가치는 그 낙차에 있다고 믿었다.

어릴 적에 아버지는 종종 내 이름의 의미를 찬찬히 읊어주며, 내게 꼭 여름같이 살라고 말씀하셨다. 그때의 내 뜨거운 이마를 쓸어 올리던 단단하고 까슬한 손. 네 아부지. 의미도 모르면서 함부로 고개를 끄덕였다. 나는 꼭 한여름같이 살게요, 약속했다. 그랬다. 나도 그 누구와 다를 것 없이 어렸다. 나는 한 번도 겨울을 상상해 본 적이 없었다. 그런 말을 할 때 아버지의 코트자락에선 바람 냄새가 났고 입술에선 술 냄새가 났다.

가끔은 미열에 잠을 설쳤다. 더운 피가 사지를 내달려 계획 없는 여행길로 몰아넣었다. 충동과 낙관으로만 살았다. 그래도 돌아갈 곳 있고 가진 날들이 주머니에 그득해 무섭지가 않았다.

다 주어도 좋을 사랑을 했으나 다 주니 내가 비었다. 슬픈 날엔 정작 비가 안 왔다.

너는 도대체 철들 줄을 모르는구나. 너는 쌀쌀한 얼굴로 말했다.네가 떠난 다음 날에 나는 내가 가진 것이 아무것도 없다는 것을 알았다.

얘 너는 무얼 해서 먹고살래? 어머니는 걱정스러운 표정으로 물었다.

아버지는 도수 낮은 술을 따라주며 말했다. 딱 이만큼만 취하거라. 술병 든 손바닥 굳은살엔 손톱깎이로 자르다 만 자국이 있었다. 아버지는 더 이상 내 이마를 쓸어주지 않았다.

찬바람 불었다.

여름처럼 살고 싶었으나, 푸르던 잎들은 오래전에 말라 떨어졌다.

내 오랜 유년이 떨다 죽었다. 부고는 전해지지 않았고 장례는 생략되었다.

너 아직도 글은 쓰니? 오랜만에 만난 동창이 물었고 나는 과장되게 웃었다. 아아니, 이력서 쓸 때나 펜을 쥔단다. 동창도 웃었다.

그 애는 잘 지낸다니? 얼굴이나 아는 선배가 물었고 나는 고개를 저었다. 이름도 꺼내지 마세요, 그 계집애 아주 못된 년인걸요. 마음에도 없는 소리를 해야 더 묻지를 않았다.

갈 곳 없어 거리를 오래 헤매다 보면 코트 자락에 바람이 묻었다. 그런 것이었다.

친구가 소개해 준 사람을 만났다. 그럼 요즘은 뭐하고 지내세요, 그녀가 물었다. 나는 좋아하는 영화나 최근에 읽은 책 대신 모아 놓은 경력과 벌어 나갈 돈에 대해 이야기했다.

어른이시네요, 그녀가 말했다.

얼어 죽어도 모르리라.

나도 한때는 손발이 뜨거운 소년이었다.

일기

살아갈 날이 비루하여 미리 늙고 싶었다.

살아온 날도 그와 같아 부러 어디 적어놓지는 않았다.

훗날 떠올려 봐야 맑은 날은 그리워질 것이고 흐린
날은 비참해질 것이다.

포수 같은 어제가 내 뒤를 바짝 쫓았다.

잡히면 더는 못 걷고 죽으리라.

하여 흔적 없이 살았다.

늙은 여우처럼 자욱 없이 걸어야 오래 살 것 같았다.

끝

꽃 진 자리를 밟으며 걸었다. 아직 색을 잃지 않은 꽃잎들이 신발 굽 아래서 짓이겨졌다. 꽃 지고도 그 자리 환해서 아쉽더니 마침내 다 죽었다. 다 죽였다. 그 후련함이 스스로도 섬뜩했다. 그러나 더 추해지지 않기 위해 나는 아름답지 않기로 했다. 기약 없는 봄꽃을 기다리느라 다시 견뎌야 하는 한 해는 길고 고된 것. 꽃 진 자리를 밟으며 빌었다. 지고 말 마음이면 피지 않기를. 지고 난 다음이면 흔적 없기를.

이마

잠든 나의 어머니
시간은 날 때부터 혼약이 되어있던 일생의 반려
당신의 머리칼은 면사포처럼 희어지는군요
나는 그것을 걷어 당신의 맨얼굴을 살피지요
손끝 바르르 떨어가며, 조심스럽게
그 언젠가 당신을 짝사랑했던 이웃의 소년처럼
그리고 나를 슬프게 하는
당신 눈썹 위쪽의 할퀴어진 자리
나는 문득 당신을 동정하지요
시간이 상처 입힌 것이 꼭 그것만은 아니겠지만
가여운 나의 어머니

그러나 언젠가는 다들 먼 데로 가지요, 시간을 따라서
나는 당신의 주름 위에 늦은 입맞춤을 남깁니다
시큰해진 눈을 꿈뻑이며, 애틋하게
당신의 결혼식 전날 찾아와 엉엉 울었다던
아주 보낼 때에야 겨우 제 사랑을 고백한 그 소년처럼

신발

그렇게 슬퍼하지는 말거라.

오래 걷다 보면 끝내 닳아지는 법이거든.

젊었을 적 구두장이 일을 오래 했던 그는, 가끔 깨어있을 때면 내게 곤비한 목소리로 그런 말을 하곤 했다.

그리고 그것이 그의 유언이 되었다.

그는 오래전부터 죽음에 잠겨 꾸벅꾸벅 졸고 있었다. 나는 그를 찾는 마지막 방문자였다.

육신이 겨울나무처럼 말라 오그라든 탓인가, 병실은 그가 머문 지 오래인데도 도통 그의 냄새가 배지 않았다. 그래서 그곳은 처음 찾는 이의 방처럼 매번 생경했다.

언제나 낯선 그 방에서, 나는 숨소리만 간신히 내는 그의 곁을 지키곤 했다. 잠든 그의 곁에서 책을 읽다가, 반 정도 읽으면 집으로 돌아왔다.

가끔은 내가 그의 임종을 지키게 되면 어떡하나 걱정을 했다. 상실을 혼자 견딜 일이 못내 두려웠다.

그의 침대 발치에는 구두 한 켤레가 가지런히 놓여 있었다. 처음 입원할 때 신고 온 것이었다. 아마 그 이전에도 부지런히 그와 함께 걸었을.

나는 가끔 마른 걸레로 구두의 먼지를 닦아주었다. 침대 위의 고목이 되어버린 그에게도 한때는 걷는 삶이 있었던 것이다, 구두를 닦을 때 나는 새삼 생각했다. 그렇게 닳아진, 삶이.

가을에 그가 죽었다.

나는 앞코가 너덜너덜한 구두 한 켤레를 물려받았다. 어쩐지 눈물은 나오지 않았다. 치수가 맞지 않는 구두를 신고 하루 종일 걸었다.

괜찮아

뱉는 것이 아니라 삼키는 말이다.

누가 들어주지 않아도 상관이 없는 말이다.

위태롭게 차오른 울음이 입 밖으로 넘쳐흐를까, 목구멍을 막아놓는 데에 쓰는 말이다.

당신 눈물의 목격자가 예의상 건네는 인사말이다.

들으면 나아지리라는, 미신 같은 약효를 믿고 상처에 자꾸만 덧바르는 말이다.

그런 주제에 고요한 어느 날에 들으면 울컥, 마음에 풍랑이 이는 말이다.

거짓말이다.

그러나 누구도 의심하지 않는 말이다.

대체로 속는 사람은 당신뿐인 말이다.

해결

밤길 어둡거든 눈을 감거라
바람 거세거든 부러지거라
길이 멀거든 아니 걷고
날이 춥거든 얼어 죽어라

그렇게는 못하겠거든
견디어야지, 별 수 있겠니

미안하다 아가야
아비라고 별 수를 알겠니
나도 다만 그렇게 걸어온

삶이다

그러나
멀어버린 눈과 부러진 허리가
부어오른 발과 얼어 찢긴 뺨이
문득 서러워지거든

와서 울어라
울다 가거라

모른 척

1
시각은 오전 열 시
문득 울리는 벨소리가 축축해
내려다보니 익숙한 이름 석 자
스마트폰의 화면은 네 이름을 담기에 너무 밝다
너는 어제 죽은 화분에 대해 메시지를 보냈지
그것이 어떤 메타포가 될까 봐
나는 농담을 꺼내어 네 입에 쑤셔 박았고
하지만 너는 침묵할 줄 모르는 구나
네 이름을 띄운 휴대전화가
멈출 줄 모르고 몸을 떤다

진동이 전하는 미지근한 불온함

시각은 오전 열 시

양식 있는 사람들은 밥때를 맞춰 전화를 건다

그것은 당신의 일상을 존중한다는 제스처

지극히 당연한 예절

그러나 나는 사람이 무례해지는 순간을 알지

어떤 외로움은 새까만 밤중이 아니라

아주 엉뚱한 시간에 찾아온다는 것을

매혹적인 붉은 기호

수화기 모양에 대각선이 그어진

그 위로 몇 번이나 엄지를 올렸다가

내렸다

거절을 선택하기란 내게 너무 어려운 일

하지만 잠깐 눈을 돌리는 일은 훨씬 간단하지

너의 부름이 그칠 때까지 나는 기다린다

나쁜 친구보다는 바쁜 친구가 낫잖아

어쩌면 네게도 말이야

그런 변명을 하면서

마침내 벨소리와 진동이 멎었을 때

나는 네 울음도 멎은 것으로 생각했다

그러기로 했다

어쩌면 멎은 게 네 숨일지도 모르지만

2

목덜미의 서늘함을 견딜 수 없었던 그 언제에는

나 역시 전화기를 들어 누구에게로 전화를 걸었다

단지 외로움을 핑계로 누군가를 애타게 불러본 적이

내게도 있었다는 얘기다

그때가 어쩌면 오후 세 시쯤

그러니 나도 알지

신호음의 간격은 목을 조르는 리듬

소리 내지 못할 때에 더 선득해지는 고독

여보세요, 답이 돌아오는 그 순간까지

무참하게 죽고 또 죽는 마음을

나라고 왜 모를까

다만 너무 바쁜 것이다

너의 슬픔을 얹지 않아도 하루는 이미 너무 무거워

아침에서 저녁으로 나르는 데만 한나절

함께 울어줄 시간이 있다면

내게도 얼마나 좋겠냐마는

3

너는 지금 울고 있겠지

하지만 누가 들어주지 않는 울음도

다 뱉고 나면 그쳐진다는 것을 나는 안다

외로움을 꼭 발신할 필요는 없다

때로는 외로울 때야말로 혼자여야 한다

사람들은 언제나 충분히 바쁠 것이고

그 사실이 네겐 지나치게 나쁠 테니까

맥주 한 잔

그것보다 괴로울 때는 소주 한 병

바쁜 사람들은 서로의 슬픔에 대해

그 정도의 처방을 내린다

나도 그 약효를 믿는다

장복하면 이른 죽음에 도움이 된다고들 하더라

나는 너무 늦은 시각에

네게 답신을 할 예정이다

아마도 땅거미 내리는 시간

오전 열 시의 슬픔이 다 말라버렸을

그때에야 네게 전화를 걸어

미안해, 일이 바빠서

따위의 변명을 할 것이다

그것을 부디 서운하게 여기지는 않기를

그 언젠가의 너도 내게 그러했으니

우리는 언제나 지나치게 바쁘고

그 사실이 서로에겐 충분히 나쁘다

그러니 서로를 미워하지 않기 위해 필요한 것은 오직

외로움을 의탁하지 않는 법

혼자서 취하고 마는 법

부재중 전화 한 통

시각은 오전 열 시

고통을 토로하기엔 너무 부적절한

하여 누군가를 외면하는 데에

변명을 준비할 필요가 없는 시각

나는 네 이름이 적힌 부재중 전화 알림을 지운다

돌아오지 않는

죽지 그랬어.

그것이 장례식장에 들어선 내게 엄마가 제일 먼저
건넨 말이었다.

내가 장례식장 입구에 나타났을 때, 엄마는 별로 놀
란 기색을 보이지 않았다. 내가 원래 그 장례식장 옆 종
합병동 5층 병실에 입원해 있어야 했는데도 말이다. 그
저 텅 빈 눈으로 빤히 쳐다보다 고개를 돌릴 뿐이었다.
오히려 다른 사람들이 나를 보고 낮고 작은 목소리로 웅
성거리기 시작했다.

검정 일색의 사람들 사이에서 국화처럼 흰 내 환자
복은 이질적이었다. 그러나 부끄럽지는 않았다. 오히려

나야말로 맞춤한 차림을 한 게 아닌가. 죽음은 말쑥하니 윤기 흐르는 검정이 아니라, 물 빠져 창백한 흰색에 더 가까울 테니까. 그때 수현의 입술처럼, 그때 수현의 뺨처럼.

휠체어에서 내려 삼촌의 팔뚝에 매달렸다. 통증이 다리를 스쳤지만, 부축을 받으면 걸음을 내딛을 수는 있었고, 동생의 영정사진은 스물 두 걸음 앞에 있었다. 나는 조문객처럼 그 앞에 향을 하나 올리고 목례를 했다. 그동안 엄마는 무섭게 나를 노려볼 뿐 입은 꾹 다문 채였다. 내가 동생에게 인사를 마치고, 돌아서 삼촌을 부르는 그때까지도 엄마는 한 마디도 하지 않았다.

"가자, 삼촌."

"죽지 그랬어, 너도 죽지 그랬어!"

그러니까 그것이, 교통사고 이후로 엄마가 처음으로 내게 건넨 말이었다.

삼촌이 지탱해주지 않았다면 아마 그대로 나동그라졌을 것이다. 엄마가 나의 어깨를 밀쳤고, 나는 삼촌의 가슴팍으로 쓰러졌다. 죽지 그랬어. 엄마는 비명처럼 그 말만을 반복하며 내 환자복 앞섶을 붙들고 흔들었다. 미애야, 미애야, 하고 삼촌이 외쳤지만 소용이 없었다.

"죽지 그냥. 따라 죽지 왜 너만 왔어. 동생이 불쌍하지도 않아? 죽지 이 년아, 죽지 왜…."

엄마는 내 가슴을 두드리다가 끝내 거기에 기대어 소리를 쳤다. 그렇게 두드리고 부르면 내 갈비뼈가 대문처럼 열리고 죽은 동생이 불쑥 튀어나와 당신을 맞이하기라도 할 것처럼. 그러나 잠가 둔 나의 가슴은 엄마의 절박한 노크에도 열리지 않았다. 다행스러운 일이었다. 세상에는 침묵보다 차갑고 무거운 말들이 있고, 내 가슴 안에는 그런 것들이 아주 많았다. 언제고 문이 열리면, 뛰쳐나와 눈앞에 선 사람을 찔러 죽일 말, 말들. 문 안 쪽에 줄지은 말들 중 지금 맨 앞에 있는 것은 이 두 마디였다. 그러게요, 죽을 걸 그랬어요.

나는 엄마를 찌르지 않기 위해 입술을 깨물었다. 이미 부러져있던 정강이뼈가 아예 바스러지는 것 같았지만 신음조차 흘리지 않았다.

"언니! 아휴, 왜 이래!"

"누나, 사람들 다 본다. 수현이 앞에서 이럴 거야?"

곧 이모와 작은 삼촌이 달려와 엄마를 붙들었다. 삼촌은 나를 번쩍 안아들고 달려, 휠체어에 앉혔다. 휙, 세상이 돌고 바퀴가 구르기 시작했다. 작은 삼촌이, 이모가, 엄마가, 동생이 등 뒤로 멀어졌다. 오직 엄마의 갈라지는 목소리만이 우리의 등 뒤를 쫓았다.

"야! 어딜 데려가! 수민이 년 데려와! 죽으려면 같이 죽었어야지, 이 매정한 년. 야, 너 어디 가. 이 개새끼. 그년 데려와 얼른⋯."

절반은 나를, 절반은 나를 데려가는 삼촌을 향한 절규였다. 그러나 승강기의 문이 닫히자 그 비명 같은 목소리도 곧 들리지 않게 되었다.

"삼촌."

"응."

"이만하면 엄마한테 돈 얼마나 꿀 수 있어?"

"삼촌한테 평소에 하는 거 못 들어봤냐? 저 정도는 십만 원도 안 쳐주지."

삼촌이 낄낄거렸다.

삼촌은 엄마에게 야, 혹은 너라고 불렀다. 다섯 살이나 나이가 많은데도 그랬다. 어릴 때는 제대로 오빠라고 불러줬는데, 하고 언젠가 삼촌은 섭섭한 듯 말했다. "그랬지." 엄마는 시인했다. 그리고는 삼촌이 이제는 오빠 소리를 들을 자격이 없는 인간이 되었기 때문에 이름과 경칭 정도는 생략해도 괜찮다는 말을 덧붙였고, 삼촌은 더 입을 열지는 않았다.

엄마의 그런 태도가 전혀 이해되지 않는 것은 아니었다. 워낙 목소리가 커 당신 자신의 목소리에 청력을 다 써버린 것인지 많지 않은 나이에 벌써 가는귀가 먹은 엄마는 항상 수화기 음량을 최대로 맞춰 놓았는데, 덕분에 몇 개월에 한 번씩 엄마의 휴대전화로 날아드는 삼촌의 물색없는 목소리를 우리도 어렵잖게 엿들을 수 있었기 때문이다. '용건은 간단히'를 삶의 좌우명으로 삼기라도 한 사람처럼, 삼촌의 통화는 언제나 첫 마디가 본론이었다. 그리고 과연 그 용건은 늘 간단했으며, 말투는 그것이 정말 타인에게도 간단한 것이라 믿는 듯 경박했다.

"미애야, 오빤데, 돈 좀 부쳐줄 수 있니?"

"야!" 엄마는 그때마다 소리를 질렀고 나와 동생은 쯧쯧쯧, 소리 없이 혀를 찼다. 명절이나 생일, 아니면 하다못해 오늘의 날씨. 그런 시답잖은 핑계로 안부인사라도 앞세우고 나면 그 뒤에 이어질 노골적인 부탁도 피차 조금은 덜 민망할 텐데, 도무지 그 정도 요령도 없는 나의 삼촌.

"야! 네가 오빠냐? 이 웬수야! 우리 형제 중 여즉 제 입에 풀칠 하나를 못해 빌빌대는 것은 니가 유일하다, 이

화상아. 동철이랑 미진이는 내가 누나고 언니여도 생전
손 벌린 적이, 응, 일절 없는데 너는 동생한테 돈 달라는
소리가 나오냐, 나와? 에라이 한심한 인간아….”

　　엄마는 당신이 아는 모든 욕을, 오빠라 부르지 않는
오빠에게 아낌없이 퍼부었다. 기분에 따라 3절, 4절까지
도 길어지곤 했지만 엄마의 레퍼토리는 거의 비슷했다.
길어지는 말 중에 드문드문 등신, 머저리, 화상, 원수, 같
은 추임새가 한 번씩 끼어들며 톤과 빠르기를 높이다가,
결국에는 삼촌의 침묵을 앞에 두고 내뱉는 “됐어, 끊어!”
로 통화를 끝내는 것이었다.

　　삼촌은 자존심도 없어? 언젠가 내가 물었을 때, 삼
촌은 씩 웃으며 답했다. 니네 엄마가 그래도 속정이 깊어
서, 욕을 길게 하는 날은 꿰주는 돈도 좀 늘어나더라.

　　됐어, 끊어, 해놓고는 차마 끊어내지 못하는 엄마였
던 것이다.

　　“그래도 이만큼 욕 먹었으면 내 병원비는 내주겠
지? 나, 퇴원 못하는 거 아냐?”

　　나는 고개를 꺾어 삼촌의 수염 까슬한 턱을 올려다
보았다. 삼촌은 내 농담에 장단을 맞춰주기 위해 고개를
내렸다. 그러나 눈이 마주치자 비뚜름하게 호를 그리고

있던 삼촌의 입매가 갑자기 굳었다.

"우냐?"

눈물이 조금 고여 있었던 모양이다. 나는 다시 고개를 앞으로 했다.

"씨이…. 정강이 아파서 그래. 아예 박살난 거 같아."

삼촌은 그래, 올라가면 한 번 봐달라고 하자, 하고 무거운 목소리로 말하고 나서 덧붙였다.

"수현이 때문에 울지는 마."

"…나도 알아."

.

수현. 내 남동생의 이름이다.

수현이는 도무지 운이 없는 애였다. 주사위를 백 번천 번 굴려도 어째 6보다 1이 더 많이 나오고 가위바위보를 하면 열 판 스무 판을 해도 매번 지고 마는 아이. 그러나 그런 것들보다도, 뭐라고 할까, 태생부터가 어떤 불운에 기초한 것 같았다. 수현이를 둘러싼 것들을 보면 그랬다.

동생의 첫 번째 불운은 아비 없는 자식으로 태어난 것이었다.

아빠는 내가 다섯 살 때 돌아가셨다. 엄마가 동생을 출산하기 바로 전날이었다. 시내 한복판에서 벌어진 연쇄 추돌사고에 휘말렸던 것이다. 삼촌에게 나중에 들은 얘기지만, 신문에도 났었던 대형 교통사고였다고 했다. 영업직이던 아빠는 오전 외근을 다녀오는 중에 몇 중 추돌사고의 가운데 몇 번째에 끼어 숨을 거뒀다. 그야말로 느닷없는 불운이었다. 받아들이는 것 외에는 도리가 없는.

아빠가 숨을 거두고 반나절이 지난 뒤에야, 엄마는 회사로부터 아빠의 사고소식을 전해들을 수 있었다. 스트레스 때문이었을까? 엄마는 곧 산통을 느끼기 시작했고, 그 탓에 동생은 열 달을 채우지 못하고 세상으로 쫓겨났다. 수현이가 첫울음을 뱉었을 때는 자정을 겨우 넘긴 시각이었다. 해서, 동생의 생일은 아빠의 기일 다음날이었다. 나는 그것이 수현이의 첫 번째 불행이었다고 생각한다.

동생의 두 번째 불운은 남편 잃은 아내를 엄마로 둔 것이었다.

엄마는 아빠의 기일은 물론 생일에도 제사상을 차렸다. 내 역할은 엄마를 돕는 것이었다. 지방(紙榜)을 새로 적고, 아빠의 사진을 식탁에 꺼내어 놓고, 하교 길에 케이크를 사오거나 제사 음식을 함께 차려야 했다. 아빠의 이름과 얼굴은 물론이거니와 아빠 생일과 기일의 음력 날짜까지도 반드시 기억해야만 했고, 행여 그 중 하나를 놓치기라도 하면 천하의 패륜아 취급을 받기 일쑤였다.

반면 수현이는 아빠의 이름을 자주 까먹어도 별로 혼나지 않았다. 어쩌다 아빠의 이름을 욀 때면 미간을 좁힌 채 기억을 뒤져 더듬더듬 발음하는 수현이었지만, 엄마는 단 한 번도 동생을 나무라지 않았다.

엄마는 동생을, 아빠가 물려준 유품 같은 것이라 믿었다. 그래서 나보다 동생을 더 사랑했다. 엄마가 수현이의 조그마한 코에 입술을 대고, 세상 누구보다 사랑한다고 속삭이는 것을 나는 몇 번이나 목격했다. 물론 엄마는 내게도 밥을 지어주고 옷을 입혀주었고, 가끔은 사랑한다는 말도 해주었지만, 한 번도, 세상 누구보다 사랑한다고 말해준 적은 없었다.

그런 것들을 질투하지는 않았다. 억세고 독한 우리 엄마의 사랑은, 그만큼 거칠고 답답한 것이었으니까.

억세고 독한 여자, 라는 것은 내가 아니라 세간의 평

이기도 했다. 장례가 끝나고 얼마 지나지 않아, 엄마는 노부부가 조선족 여자 한 명을 데리고 운영하던 평범한 백반집에 주방 보조로 일을 시작했다. 맞선으로 결혼해 생전 직업 생활을 해본 적이 없는 엄마는, 그 백반집에서 홀과 주방을 오가며 요리와 경영을 배웠다. 몇 년 후에는 장사를 그만두려던 노부부로부터 그 식당을 사들이기 까지 했다. 식당을 인수하고 반년쯤 지난 다음, 근처의 알만한 대기업 간부 한둘이 식사를 하러 점심 저녁으로 드나들면서 장사가 좀 잘되나 싶더니, 알음알음 입소문이 돌아 종내에는 TV에도 몇 번 나오게 되었다. 이 정도만 되어도 TV의 휴먼 다큐멘터리에 나올 만한 이야기일 텐데, 엄마는 거기서 멈추지 않았다. 사람이 몰리자 엄마는 옆 가게들을 사들여 확장을 시도했고, 이모와 작은 삼촌을 불러들여 작은 사장으로 앉혔다. 그동안 엄마의 어깨는 잔뜩 굳었고 신경은 날카롭게 당겨졌다. 좀 쉬라고 말하면 늬들 먹여 살려야 될 거 아니야, 하고 버럭 짜증을 냈다.

엄마는 그렇게 강했고, 동생은 그런 엄마의 품안에 갇힌 채 나이를 먹었다. 중학생 교복을 꼭 맞춰 사주는 것은 세상에 우리 엄마뿐이었을 것이다. 엄마는 동생이 자라지 않을 것이라 여겼고, 그건 엄마가 동생을 남들에게 소개하는 방식에서도 드러났다. 맹세컨대 조산을 했다고 수현이가 어디 모자란 데가 있는 것은 아니었다. 오히려 반에서 1, 2등을 다툴 만큼 머리가 비상했고, 제대로 배운 적 없는 그림으로 몇 번이나 상을 타 올 만큼 손재주도 좋았다. 그러나 엄마는 수현이를 남들 앞에 소개할 때면 '반 1등'이나 '미래의 피카소' 대신 '팔삭둥이'라는 수식어를 붙였다.

어쩌면 그 탓이었을까, 수현이는 좀체 키가 자라질 않았다.

동생은 그렇게 아빠의 죽음이 드리운 그림자와 엄마의 너무 단단한 포옹 안에서 자랐다. 물론 거기에 동생의 잘못은 없었다. 아기는 가족을 고를 수 없으니까. 어떤 집에서 태어나느냐는 그야말로 운수소관이다. 그리고 수현이는 바로 그렇게, 운이 나쁜 아이였다.

그리고 동생의 마지막 불운은 바로 수민의 동생으로 태어났다는 것이었다.

수민. 다섯 살 터울의 누나. 성별이 다르고 나이차가 나는데도 쌍둥이처럼 꼭 닮은 얼굴의 누나. 스무 살이 되어 막 운전면허를 딴 누나. 우쭐대며 차를 빌려 동생을 태우고 도로로 나온 누나. 교차로 우측에서 느닷없이 쇄

도해온 트럭을 보고 놀라, 핸들을 그만 왼쪽으로 꺾어버린 누나.

멍청하고, 경솔하고, 무책임한, 누나.

나를 누나로 둔 탓에 수현이는 죽었다.

.

수현이가 나오는 꿈을 꾸고 있었다. 그런데 어느 순간, 시야가 어두워지더니 수현의 얼굴이 엄마의 것으로 바뀌었다. 뺨은 미지근하고 콧속으로 습기가 밀려들어왔다. 갑자기 왜 이런 꿈을 꾸는 것일까, 얼떨떨한 머리로 고민하던 나는 조금씩 현실을 인식했다.

나는 이미 잠에서 깨어 눈을 뜬 것이었다.

그리고 내 눈에 비치는 것은, 이미 불이 다 꺼진, 한밤중의 병실에서 울며 내 뺨을 어루만지는 엄마였다.

"엄마…?"

병실 입구에 달린 녹색 등은 조도가 낮았다. 그러나 내가 목소리를 내자 축축하던 엄마의 눈이 금방 물기를 잃고 새빨간 분노로 타오르기 시작한 것을 나는 볼 수 있었다. 엄마가 속삭이듯 말했다.

"수현이는 어디다 두고 네가 눈을 떠."

그렇구나. 나는 그 순간 직감했다. 엄마는 눈 감은

내 얼굴에서 수현이의 얼굴을 찾고 있었던 것이다. 죽은 아들의 얼굴을.

"아."

무슨 말이라도 하려고 입을 열었는데 다음 순간 세상이 번쩍, 하더니 왼쪽으로 돌아갔다. 왼 뺨에 조금 늦게 통증이 찾아왔다. "삼촌!" 나는 놀라 소리쳤다. 간이침대에서 자던 삼촌이 부스스 일어나더니 엄마를 보고 기겁을 했다. 옆 침상의 환자들도 부스럭거리기 시작했다.

"수현이는 죽었는데."

엄마는 원망하듯 그렇게 말했다.

"수현이는 죽었는데!"

더 이상 목소리를 죽이지도 않고 엄마는 외쳤다. 몇 번이나, 몇 번이나. 왜 너는 살아 있느냐, 하는 생략된 뒷말을 나는 들었다. 삼촌이 허둥지둥 일어나 엄마를 붙잡았지만 엄마는 그 손을 쉽게 뿌리치고 병실을 나갔다. 나는 뺨을 감싸 쥔 채 눈을 부릅뜨기 위해 애썼다.

"괜찮아요? 일단 너스콜 눌렀는데."

어두운 병실 안의 누군가가 내게 물었다. 나는 네, 괜찮아요, 하고 중얼거리듯 대답했다. 삼촌이 다시 물었다.

"진짜 괜찮아?"

고개를 끄덕였다. 엄마가 열어놓고 간 병실 문 너머로 다급한 발소리가 들려왔다. 삼촌은 병실 밖으로 나가 무언가 낮은 목소리로 이야기를 나눴고, 곧 나이 지긋한 간호사 하나가 발소리를 낮춘 채 들어와 내 얼굴과 몸을 간단히 살피고는 떠났다.

그리고 몇 분 후, 삼촌은 말없이 내 팔을 툭툭 치더니 휠체어를 폈다. 나는 저항하지 않고 삼촌의 부축을 받아 휠체어에 몸을 실었다. 아직 잠들지 않은 환자들의, 지나치게 불규칙한 호흡들을 가로질러 우리는 복도 가운데의 휴게실로 자리를 옮겼다.

휴게실에는 아무도 없었다. 삼촌이 자판기 커피를 뽑아와 내 옆에 앉았다.

홀짝, 홀짝, 침묵.

"사람들 잠들면 들어가자. 어차피 너도 잠 안 오지?"

"삼촌. 나 그냥 콱 죽어버릴까."

"…양치해야겠다, 너."

삼촌이 주머니에서 구강청결제를 내밀었다. 나쁜 말을 했으니 입을 씻어내야 한다는, 삼촌 식의 농담이었다. 아니면 정말로 양치를 해야 할 만큼 단내가 심했는지도. 어쨌든 나는 구강청결제를 받아 입을 가신 뒤 삼촌이 내민 종이컵에 뱉었다. 그리고 말을 이었다.

"내가 죽으면 엄마도 차라리 편하지 않을까?"

삼촌은 대꾸가 없었다. 돌아보니 한심하다는 표정으로 날 쳐다보고 있을 뿐이었다. 자기는 백만 원이 없어서 여동생한테 손을 벌리는 주제에. 내가 삐죽 입술을 내밀자 그제야 삼촌이 입을 열었다.

"그럼 수현이는 누가 기억해주니?"

"엄마가 기억하겠지. 나는 삼촌이 기억해주면 되고."

"걔는 벌써 너무 많이 울었고, 나는 지금 가진 눈물도 넘치기 직전이다."

나는 삼촌을 노려봤다. 그러나 삼촌은 말을 이었다.

"아직 울지 않은 너만 온전히 기억할 수 있는 거야."

삼촌이 동생의 사망소식을 전해주던 순간을 떠올렸다. 수현이는 하늘나라로 갔다. 삼촌이 담담한 표정으로 그 사실을 알렸을 때, 나 역시 삼촌의 것만큼 담담한 표정을 짓고 있었다. 너무 놀라면 비명도 나오지 않는다던데, 울음 역시 슬픔과 조금 간격을 두고 찾아오는 모양이었다. 수현이가 죽었다. 수현이가, 죽었다. 그 문장이 제대로 이해가 된 건 오 분쯤 지난 후였다. 갑자기 눈가가 바르르 떨리고 심장이 빠르게 뛰었다. 나는 급하게 손바닥으로 얼굴을 묻었다.

그때 삼촌이 물었다. 울어도 되겠니? 지금 울어버려도, 후회하지 않겠니? 그때 나는 또 무엇을 떠올렸던가. 바로 언젠가 삼촌이 들려주었던 이야기였다.

나는 눈물을 참았다. 울지 않기로 했다.

그리고 지금도.

"…그럼 나 삼촌이랑 살래."

"나도 당장 백만 원을 못 벌어서 너희 엄마한테 손 벌리고 사는데, 어떻게 너 같이 말만한 처녀를 데리고 사냐?"

퉁명스러운 그 한 마디에는 한숨이 묻어있었다. 나는 입술을 비쭉거렸다. 사실은 입가가 자꾸 떨려서 그랬다. 울음이 금방이라도 쏟아져 나올 것 같아서. 나는 입술 안쪽을 거듭 깨물었다. 삼촌이 내 얼굴을 보고는 머리에 가볍게 손을 얹었다.

"수민아."

왜. 나는 겨우 그 말을 뱉곤 얼른 입을 다물었다. 삼촌이 내 머리를 쓰다듬으며 말했다.

"울지 마."

알았다고 대답하려다가, 정말 눈물이 날 것 같아서 그냥 입을 더 꼭 닫았다. 그래, 죽어도 울지는 않을 거야.

.

고백하지 않은 사랑은 평생 품게 되는 법이라고, 삼촌은 말했다.

나와 동생은 삼촌을 무척 좋아했다. 수현이와 식당이 세상의 전부인 엄마와 달리, 삼촌은 이것저것 관심이 많고 아는 것도 많은 한량이었다. 해서 삼촌이 불쑥 집에 찾아와 우리 집 근처에 작은 셋방을 구했다는 얘기를 했을 때—엄마는 당신한테서 돈 꾸기를 아주 직업으로 삼을 모양이라며 또 욕을 하기 시작했지만—우리는 좋아서 박수를 쳤다. 그리고 곧 뻔질나게 삼촌의 셋방을 드나들었다.

삼촌은 안 팔리는 화가였다. 엄마의 말을 빌리자면, 그냥 안 팔리는 화가도 아니고 "할아버지가 겨우 보내놓은 대학을 책임감도 없이 그만두고 미술 한답시고 집을 나가더니 아직도 빌빌대고 사는, 아주 더럽게 안 팔리는" 화가였다. 엄마는 우리가 삼촌네 놀러 간다고 할 때마다 그 긴 수식어를 꺼내어 읊었다.

솔직히 말하면 우리도 한편으로는 엄마의 평에 동의했다. 삼촌의 작은 셋방은 발 디딜 자리가 모자랄 만큼 수많은 그림들로 꽉 차있었지만, 그것들은 모두 삼촌 자신이 그린 것들이었다. 삼촌의 그림들은 늘기만 하지 줄어들 줄을 몰랐다. 물론 우리는 삼촌을 좋은 사람이라 생각했지만, 화가로서의 삼촌은 사실 가난하고 이룬 게 없는 사람이었던 것이다.

해서 삼촌이 계속해서 그림을 그린다는 것은 우리에게도 커다란 의문 중 하나였다. 무엇이 가족들의 경멸과 생활의 궁핍함에도 불구하고 삼촌으로 하여금 계속 붓을 들게 하는 걸까? 삼촌에 대한 애정이 깊어질수록 우리는 그를 가엾게 여겼고, 그 동정심이 커질수록 호기심도 강해졌다.

아마 그래서였을 것이다. 그날, 내가 아직 중학생이던 어느 날, 나와 수현이가 삼촌에게 왜 화가가 될 생각을 했냐고 물었던 이유는. 삼촌은 별로 망설이는 기색 없이 답을 내놓았다.

"대학 시절에 그림 그리는 아가씨한테 홀딱 반했거든."

우리는 킥킥 대면서 그 아가씨에 대해 캐물었다. 삼

촌은 그녀의 이름이 은영이었고, 성은 잘 모르고, 그림을 대학에서 배우는 것은 아닌 것 같았는데, 캠퍼스에 들어와 자주 스케치를 하곤 했다고 말했다. "그래서, 그래서? 언제 처음 만났는데?" 우리가 제법 진지한 얼굴로 눈을 빛내자 삼촌도 자세를 바로하고 이야기를 시작했다.

"내가 데모하는 친구들을 따라 처음으로 강의를 빠진 날이었지."

삼촌이 대학을 다니던 시절은 대학생들의 사회운동이 한창이었단다(여기서 수현이는 사회운동이 뭐냐고 물었고, 삼촌은 나라를 바꿔 달라고 사람들이 나가서 소리치는 것이라고 말했다). 그러나 가난한 집안의 맏이로 유일하게 대학을 간 삼촌은, 원체 겁도 많기도 하거니와 할머니 할아버지가 눈에 밟혀서 그런 운동에 끼어 본 적은 없었다. 그런데 무슨 궐기대회를 한다고 동기들이 우르르 수업을 결석한 그 날은 도무지 눈치가 보여 강의실에 있을 수가 없었던 것이다. 해서 일단 친구들을 따라서 강의를 빠졌는데, 막상 나서보니 직후에 역시 데모 현장을 쫓아가기는 좀 그렇다, 하는 생각이 드는 게 아닌가?

그리하여 삼촌은 그날 그냥 교정을 배회했다. 싱숭생숭한 것이 부모님께도, 또 투쟁을 한다는 친구들에게도 무언가 죄스러운 기분이 들어서, 땅으로 시선을 내리깐 채 캠퍼스를 두 바퀴나 돌았단다.

삼촌이 은영 씨를 만난 것은 그 방황하는 발길이 캠퍼스를 두 바퀴 반째 돌던 때에 일어난 일이었다. 문득 고개를 들었는데, 잔디밭에 앉아 스케치를 하는 여자가 마침 눈에 들어왔다. 삼촌은 괜한 변덕으로 그녀에게 다가가 말을 붙였다. 뭘 그리고 있어요, 같은 무뚝뚝한 질문이었는데, 그녀는 낯선 남자인 삼촌의 말을 생긋생긋 웃으며 잘 받아주더란다. 둘은 한참 이야기를 나눴다. 주로 그녀가 말을 했다. 잘 기억나지는 않지만 빛이 어떻고 색이 어떻고 하는 이야기를 했는데, 삼촌 귀에는 그게 무슨 시처럼 들렸다고.

통성명이나 겨우 한 사이였지만, 강의실로도 거리로도 돌아갈 수 없던 삼촌에겐 어쩐지 그 여자의 곁이 가장 편안하게 느껴졌단다. 적어도 그 순간에는. 그래서 삼촌은 그녀로부터 조금 떨어진 옆자리에 누웠다. 그리고 그녀가 스케치를 완성하는 것을 지켜보았다. 그게 시작이었다. 그 다음 날도 삼촌은 캠퍼스의 잔디밭에서 스케치를 하고 있는 그녀를 발견했고, 또 그 옆에 드러누웠다. 그녀가 그리는 나무나 하늘 따위를 올려다보거나, 나무나 하늘이 옮겨지는 그녀의 스케치북 안을 쳐다보거나 하면서 시간을 죽였다.

그런 날들이 반복되었다. 수업이 있으면 삼촌이 먼저 일어났지만, 어떤 날에는 그녀가 그림을 완성한 뒤 먼저 일어나 떠나곤 했다. 둘 사이에 오간 대화라곤 만나고 헤어질 때 나누는 두 번의 인사를 제외하면 대부분 침묵이었다. 그러나 어쨌든, 그렇게 삼촌은 은영 씨와 같이 있었다. 그 다음날도, 또 그 다음날도, 다음 날도.

"반년 간 거의 매일 그랬지. 말은 얼마 섞지 않았지만."

"그래서, 그래서?"

"그게 다야. 그걸 지켜보다 보니 나도 그림을 그리고 싶더라고."

삼촌은 이야기가 끝났다는 듯 말을 멈췄다. 멋있다, 삼촌. 수현이가 말했다. 나도 그림 그리고 싶어졌어, 그런 말도 했다. 나중에 수현이가 그림으로 학교에서 상을 곧잘 타왔던 것을 보면 아마 진심이었을 것이다.

하지만 그때 나는 좀 심드렁했다. 삼촌의 러브스토리가 너무 시시해서 김이 샌 기분이 들었던 것이다. 해서 나는 좀 짓궂은 질문을 던졌다.

"근데 왜 그 여자랑 결혼 안 했어?"

삼촌은 우리가 알기로 노총각이었고, 엄마는 그가 '연애 한 번 한 적 없는 등신'이라는 말을 자주 했다. 삼촌은 조금 뜸을 들이더니 피식, 힘없는 웃음을 흘렸다.

"사귀자 어쩌자 말도 꺼내기 전에 죽었어. 운동하는 애들 잡겠다고 경찰이 던진 최루탄을, 운 나쁘게 머리에 맞았거든."

우리는 입을 다물었다. 최루탄이 뭐냐고 물어볼 줄 알았는데, 뭘 맞아 죽었다니까 눈치로 알아들었는지 동생도 가만히 침묵을 지켰다. 어색한 정적이 잠깐 흘렀다. 아주 잠깐. 허나 그것조차 견디기 힘들었던 나는 어린아이의 천진함을 가장해 또 물었다.

"어쩌다가?"

"모르지 뭐. 길 지나가다가 재수 없게 맞았나, 원래 운동을 하는 여자였나. 한동안 보이지 않길래 어딜 갔나, 했는데 시위대가 그 여자 그림을 들고 행진을 하더라고. 그 여자가 데모 나가는 학생들을 스케치했던 적이 있거든. 그걸 알아보고 은영 씨 어디갔느냐 물어보니, 죽었더라. 최루탄을 머리에 잘못 맞고 쓰러진 건 누가 봤는데, 그 충격으로 죽었는지 기절해서 최루가스를 맡다가 죽었는지는 정확히 모른다 그런데."

"울었어?"

뜬금없이 동생이 물었다. 애답잖게 원체 조용하고 예의 바르던 동생 치고는 아주 무례한 질문이었다. 그러나 삼촌은 그냥 가볍게 고개를 젓고 답했다.

"그땐 안 울었어. 그 사람 죽고 나서 한 일이 년 뒤엔가, 울 뻔했는데 그때도 참았지. 혀를 깨물어가면서."

"왜?"

"글쎄. 처음에는… 울 자격이 없다고 생각했지. 그냥, 내게는 그럴 이유도 없다고 생각했어. 우리는 아무 사이도 아니었으니까. 그래서 울지 않았어. 그런데 꼭 그것만은 아니고……."

삼촌은 고개를 돌려 창문을 바라보면서 이야기를 이었다. 열몇 살 먹은 조카들한테 털어놓기란 너무 어려운 얘기였다. 그리고 바로 그 덕에, 나는 삼촌이 독백을 하고 있다는 것을 알아챌 수 있었다. 삼촌의 그 고백은 우리를 향한 것이 아니라 다만 자신에게 들려주는 것이었다. 뱉어봐야 또다시 삼촌 안에서만 맴도는 것. 듣는 이가 누구여도 상관없는 혼잣말.

"그때는 몰랐는데, 내가 그 사람을 사랑했던 거더라

고. 성도 모르고 나이도 모르는 그 사람을. 그 사람이 죽고 나서 삼촌은 미술을 하겠다고 학교도 때려치웠잖니. 그런데도 내가 그 여자를 사랑했다는 걸 몇 년 지나서야 겨우 알았다. 그 여자가 도무지 잊히질 않더라. 누구를 만나도, 그렇게 좋아지지가 않았어."

동생이 나를 쿡쿡 찔렀다. 슬쩍 눈을 맞추니 수현이가 벽에 기대어진 그림 몇 개를 손가락으로 가리켰다. 분명 같은 인물로 보이는 여자들이 화폭의 한 자락에 조그맣게 새겨져 있었다.

"통조림 같은 거더라. 사람 마음이. 고백하지 않은 사랑은 평생 품게 되는 거야. 가슴을 열어서 꺼내어 주지 못했으니까, 보여주기라도 했어야 하는데 그러지 못했으니까. 밀봉된 통조림이 상하지 않듯이, 그게 고스란히 내 안에 있었어. 그제야 알게 됐지. 아, 나는 그 사람을 사랑했구나. 그리고 아마 잊지 못하겠구나."

삼촌은 여전히 창문 쪽을 바라보고 있었다. 그때 아마 수현이가 열한 살, 나는 열여섯쯤 되었을 것이다. 우리는 삼촌의 마음을 다 헤아리기엔 너무 어린 나이였지만, 그 이야기를 하고 있는 삼촌이 굉장히 쓸쓸해 보인다는 것은 느낄 수 있었다.

"사랑이 그런데, 어떤 마음이든 그렇지 않겠니? 그걸 깨달은 다음에는, 오히려 그래서 더 안 울었지. 내가 울면 그 눈물을 타고 그 사람에 대한 마음이 주르륵 흘러나올까 봐. 그렇게 흘러버리고 나면 언젠가 그 마음 다 변할까 봐. 변해서 잊을까 봐. 그래서 절대 안 울었어. 어느 날 갑자기 생각나면 등골부터 정수리까지 짜르르 떨리기도 했지, 했는데, 끝까지 울지는 않았어. 무조건 꾹 참았지."

삼촌을 위로하기 위해, 나와 수현이는 그의 손가락을 하나씩 나누어 잡았다. 그제야 삼촌은 고개를 돌려 우리를 쳐다봤다. 그리고 삼촌은 천천히, 우리의 마음에 자신의 말을 새겼다.

"통조림으로 사는 것은 괴로운 일이지. 아무것도 담아내지 못하고 아무것도 꺼내어주지 못하는 삶이야. 울지 않는 것만으로 하루가 다 가서, 아무것도 제대로 하지 못하는 삶이지. 여동생한테 손을 벌려 빌어먹고 사는 삶이고, 보잘것없는 그림을 붙잡고 사는 삶이다. 하지만 나는 울지 않기로 했단다."

사실 그 고백이 맨 처음의 질문에 대한 적절한 대답이 아님은 분명했다. 하지만 우리는 아무것도 더 묻지 않았다. 다만 고개를 끄덕였다. 삼촌이 웃고 있었기 때문이다. 그것은 울음에 아주 가까운, 그러나 결코 울음일 수는 없는 웃음이었다.

.

수현이의 발인일에도 나는 병실에 머물렀다. 수현이를 태웠는지 묻었는지조차 알아보지 않았다. 내 입원 기간은 두 달이 조금 넘었는데, 엄마는 그동안 한 번도 나를 찾지 않았다.

그래도 삼촌은 거의 항상 나랑 있었다. 이모와 작은 삼촌, 그리고 친구들도 가끔 병실에 들렀다. 이모 말로는 엄마가 가게를 다시 열었다고 했다.

가끔 악몽을 꿨다. 그럴 때는 삼촌이 나를 깨웠다. 꿈의 내용은 다양했다. 수현이가 손을 흔들고 어디 멀리 떠나는 걸 지켜보거나, 사고가 나던 날을 재현하거나, 피 범벅을 한 수현이가 내 목을 조르거나, 수현이와 손을 잡고 콧노래를 부르는 꿈들이 있었는데, 어쨌든 그건 다 악몽이었다. 그런 꿈에서 깨면 나는 곧장 베개를 더듬었고, 베개가 젖지 않았다는 것에 안심했다.

병실 안의 환자들과도 좀 친해졌다. 그중 계단에서 심하게 굴러 입원하게 되었다는 옆 침상의 아주머니와는 거의 친구가 되었다. 그녀가 싱글이라는 것을 안 다음에는 아예 그녀를 언니라고 부르기로 했다. 그녀는 그 호칭을 좋아했다.

언니는 애 없는 이혼녀였고, 도서관에 있는 책은 절대 읽지 않기로 결심한 도서관 사서였다. 삼촌만큼 이상한 사람이었다. 알고 보니 엄마가 내 뺨을 때렸을 때 너스콜을 한 게 언니였다. 하지만 언니는 나와 엄마에 대해 아무것도 물어보지 않았다. 나는 그녀가 마음에 들었다.

우리 병실의 다른 환자들은 TV이에 별 관심이 없었다. 그들은 노트북이나 스마트폰, 아니면 만화책이나 문병객들을 상대하느라 바빴다. 해서 삼촌과 언니, 그리고 나는 리모컨을 마음껏 사용할 수 있었다. 우리는 채널을 돌리다 코미디 영화가 나오면 멈추고 그것을 봤다. 억지로라도 웃었다. 물론 눈물이 날만큼 우스운 영화는 피했다. 하품조차 조심했다.

스마트폰 안에 있는 수현이 사진을 울지 않고 들여다보는 연습을 가끔 했다. 1초, 3초, 4초, 5.7초. 기록은 늘어갔다.

삼촌과 언니는 꽤 통하는 데가 있어 보였다. 나는 삼촌에게 넌지시 은영 씨 얘기를 언니한테 좀 해보지 그래, 하고 농담을 걸었지만 삼촌은 단호하게 고개를 저었다. 언니는 나보다 이 주 정도 먼저 퇴원했다. 우리는 번호를 교환했고, 내가 퇴원하기 전까지 언니는 여섯 번이나 문병을 왔다.

마침내 코미디 영화를 본 직후라면 동생 사진을 보더라도 20초는 정도 견딜 수 있게 되었을 즈음에, 나는 퇴원했다. 병원 앞에는 언니와 그녀의 빨간 소형차가 서 있었다. 삼촌의 연락을 받고 왔다고 했다. 나는 언니가 나를 마중 나왔다는 사실보다, 삼촌이 언니의 번호를 알고 있다는 것에 대해 놀랐다. 그날 우리 셋은 조촐한 파티를 했다.

다행히 눈물은 한 번도 흘리지 않았다.

．

"삼촌, 나 집에 좀 다녀올게."

나는 삼촌의 셋방에서 퇴원 후의 사흘을 보냈다. 엄마는 퇴원일에도 모습을 비추지 않았다. 연락조차 없었다. 그 다음 날과 다음 날도 마찬가지였다.

"다녀온다고? 다시 오게?"

삼촌이 눈썹을 축 늘어뜨리며 물었다. 나는 고개를 끄덕였고, 삼촌은 방이 좁다며 구시렁거렸다.

"조카를 위해서 그림을 좀 팔지 그래? 이것들만 다 치워도 둘이 살기 충분할 걸. 언니한테 한 점 더 사달라고 해보든지."

언니는 며칠 전 삼촌의 그림 중 가장 큰 것을 사갔다. 이십만 원이나 내고. 부끄러운 일도 아닌데 그 이야기를 하면 삼촌은 낯을 붉혔다. 이번에도 그것이 통했는지, 삼촌은 한숨을 한 번 내쉬고는 알았으니 다녀오라고 했다. "니가 여기서 지내도 되는지, 니 엄마랑 한 번 얘기는 해 볼게." 엄마가 삼촌의 전화를 받기나 할지 의문이었지만, 마음대로 하라는 뜻으로 어깨를 살짝 들었다 내렸다.

집은 비어 있었다. 엄마는 가게에 나가있는 모양이었다. 나는 까닭 없이 도둑놈처럼 발끝을 세워 걸었다. 속옷과 생리용품, 그리고 사복 몇 벌을 챙기자, 얼마 담지도 않았는데 금방 스포츠백이 가득 찼다. 가방을 멘 다음 또 괜히 조심조심 방문을 닫고 돌아서니 맞은편 방문에 걸린 토끼 인형 하나가 눈에 띄었다. 언젠가 수현이가 데려온 녀석이었다. 수현이가 엄마가 쓰는 안방과 내 방, 그리고 자기 방 문 앞에 문패처럼 하나씩 걸어두었던, 조그만 토끼 인형. 나는 망설이다가 수현이 방에 붙은 녀석을 떼어 가방 안에 넣었다.

현관문을 나서기 전에 주방 식탁 위에 쪽지 하나를 올려두었다. 퇴원하기 전날 밤 쓴 것이었다. 그날, 엄마에게 편지를 써야겠다는 생각이 문득 들었기 때문이다. 분명 유서와도 같이 장절한 것을 남기겠다는 다짐으로 펜을 들었는데, 정작 쓰인 것은 비아냥이 담긴 짧은 문장 몇 개였다.

아무튼 그 쪽지의 내용은 이랬다.

「엄마, 내가 만약 죽는다면 꼭 엄마의 생일날 죽을게. 그걸로 선물을 대신할 생각이야. 다시는 눈 뜨지 않을 테니, 내 시신을 박제해 두었다가 수현이 보고 싶을 때 써. 우리 꽤 비슷하게 생겼잖아. 대신 내가 죽거든 엄마만큼은 울지 마. 절대로 눈물 흘리지 마.」

집을 나서기 전에 다시 한 번 그것을 펼쳐서 읽어보았다. 어쩌면 내가 엄마를 끔찍하게 사랑하고 있는 것 같다는 생각이 들었다. 그냥 도로 가져갈까, 잠깐 고민하다가 그것을 식탁 위에 다시 올려두었다.

현관문을 여니 햇살이 쏟아져 눈을 찔렀다. 하마터면 눈물이 고일 뻔했다. 얼른 눈을 감고 열에서 하나까지 거꾸로 세었다. 삼촌이 일러준 방법이었다.

십, 구, 팔, 칠, 육, 오, 사, 삼, 이, 일.

고작 숫자를 세는 일이 이렇게나 어렵다니.

나는 울지 않고 견뎌야 할 날들에 대해 생각했다. 앞으로 얼마나 자주, 열에서 하나까지를 거꾸로 세게 될까. 통조림의 삶과 닫아 걸은 가슴을 생각하면 벌써 질식할 것 같은 기분이 들었다.

그러나 일, 을 세고 눈을 떴을 때 눈은 여전히 마른 채였고 수현이의 얼굴은 그만큼 선명했다. 그것에 만족하기로 했다.

나는 눈을 부릅뜨고 앞으로 한 발짝, 걸었다.

일곱 번째 장

동사자의 손끝, 그리고
맞은 자리에 고이는 핏물도
파랗다 새파랗다
이 봄의 색깔이 그러하듯이
가난은 죄가 아니라던데
빈 지갑의 밑천이 젊음뿐인 것은
왜 그리도 부끄러운가
그것마저 닳아질 때에는
왜 그리도 두려워지는가
가난은 죄가 아니라던데
그러나 주저앉아 우는 일에는
누구도 삯을 쳐주지 않는다
사람들은 제 몫의 벌이를 하러
제각기 발걸음을 재우친다, 그 사이에서
바로 걷지 못해 넘어진 이들만이 적는 것이다
이 건조한 절망, 그리고

가난한 젊음에 대하여

일

꿈꾸는 일을 하고 싶었는데 이젠 일하는 꿈을 꾼다.

내 유일한 특기에는 생산성이 없고, 이제는 취미마저 계발이어야 하는 시대다.

무엇을 하든 벌어먹을 수 있어야 해. 사촌의 결혼식장에서 마주친 낯선 친척 아저씨가 호통치듯 말했다. 그냥 저 하나 배곯지 않을 정도여선 안 돼. 부모님 뫼시고 자식새끼 배불릴 정도로, 친구들 앞에서 면 서고 아내가 어디 가서 부끄럽지 않을 정도로 벌어먹고 살아야지. 그러기는 뭐 쉬운 줄 알어? 아저씨의 굵은 침방울을 맞으며 나는 고개를 조아렸다. 옳으신 말씀입니다.

아저씨는 한때 딴따라였던 죄로 여태 친척들의 입

방아에 오르내리는 인물이었다. 나라고 젊은 날이 없었는 줄 알아? 늙은 아저씨의 목소리는 거기서 한풀 꺾이었다. 나는 무겁게 고개를 끄덕였다.

나도 늙어가고 있다.

사람들은 실패한 꿈에 돌을 던졌다. 아니 실은 성공하지 않은 모든 꿈에 돌을 던졌다. 무리 중 가장 앞서서 돌을 던지는 이는 실패자 그 자신이었다. 머리 깨진 꿈들이 날다 죽었다. 도시의 바닥에는 얼마나 많은 추락한 꿈들이 누워있는가.

매체들은 성취된 꿈의 신화를 연일 실어 날랐다. 달동네 누구는 최연소 무엇이 되었고, 병을 앓던 누구는 어느 자리에 올랐고, 포기하지 않는 누구는 사랑받는 어떤 이가 되었다. 사람들은 성공한 꿈에 박수를 쳐주었다. 나도 그런 박수를 받고 싶었다.

그러나 그 길은 얼마나 멀고 고될지.

절대로 포기하지 마세요. 멋진 미소로 화면 속의 남자가 말했다. 자막으로 그의 입지전적인 일생이 요약되어 흘러갔다. 그는 언제나 단 하나의 각오를 갖고 있었고, 용기를 잃지 않아서, 가난과 슬픔과 상실과 방황을 끝끝내 견디고 이겨낸 사람이었다. 그러면서도 아무것도 잃지 않기 위해 잠을 줄이고 시간을 쪼개어 한발 한발 디뎌나간 사람이었다.

위대한 사람.

그러나 나는 위대하고 싶은 것이 아니라 그저 꿈을 꾸고 싶었을 뿐이다.

절대로, 포기하지 마세요. 무엇을? 차라리 꿈꾸지 않는 것이 속 편했다. 오직 위대한 이들만이 꿈을 이뤘다.

생산하지 않는 삶은 파렴치한 것이다. 일하지 않는 자는 먹지도 말아야 하는데, 어머니는 어제 쌀 한 포대를 또 보내셨다. 동봉하신 새해 달력엔 얼마 전 준비를 시작한 어느 고시의 시험일과 내 생일에 동그라미가 쳐져 있었다. 어머니의 동그란 글씨.

펜을 부러트리고 한참을 울었다.

서툰

백지를 앞에 두고 공연히 너를 원망한다
이 굼뜬 손가락아
한 끼도 벌어다 주지 않는
이 하잘것없는 재주야
그러나 쓰지 않곤 숨이 막히는
이 끈적끈적한 욕심아
네가 짓는 야윈 문장이 부끄러워
너를 끊어내고 싶어지다가도
아차 내가 가진 건 고작 이것뿐이지
너를 그러쥐고 운다
이 못생긴 손가락아

광고

팝니다.

아직 무엇에도 치열해보지 않은

미개봉 신품의 젊음을 염가에 팝니다.

생계가 곤궁하여 급하게 처분하게 되었습니다.

연락 주세요.

* 헤밍웨이의 'For sale : Baby shoes. Never worn.'에 대한 오마주

좁은 방

제 생각엔, 글쎄, 집이 좁아서 그런 것 같아요.

아니, 확실히 그래서 그래요.

"그 옷 또 입고 나왔네?" 악의 없이 뱉은 말인 것 다 알면서 자리가 파할 때까지 얼굴 굳힌 채 꽁해있던 것도, 친한 선배의 결혼 소식에 축하 인사보다 축의금을 얼마나 내야 할지 셈을 먼저 해본 것도, 혹시 한 턱 내랄까봐 친구들 앞에서 좋은 일을 못내 감췄던 것도, 누가 물으면 SNS 같은 건 안 한다고 둘러대며 사진 한 장 없는 내 계정을 감췄던 것도, 고작 돈 만원 빌려주고 돌려받지 못할까 끙끙대는 성격과 계산서를 받거든 곧장 머리수로 나눠보는 습관 같은 것도 다.

사람이 살기 위해서 집을 지었다는 거, 저한테는 그게 무슨 신화 속에 나오는 이야기 같아요. 그럴싸한데 별로 믿음은 가지 않죠. 저는 제가 집에 사는 게 아니라 집이 저를 기르는 것 같다는 생각이 더 자주 들거든요. 네모난 수박 얘기 혹시 들어봤어요? 저는 지나치게 낮은 천장과 서로 너무 가까운 벽들 사이에 살아요.

수박 얘긴 잊어요. 제가 말하고 싶은 건 그냥, 이런 거예요. 가져도 더 둘 데 없는 곳에 살다 보면 더 가지고 싶은 마음마저 희미해진다는 거요.

있죠, 저희 집은 좁아요. 제 방은 더 좁고, 제 책장은 물론 그것보다도 더욱 좁아서, 새 책을 꽂으려거든 일기나 앨범부터 버려야 해요. 생각해보세요. 그럼 뭣하러 서점엘 가겠어요? 뭣하러 일기를 적고 사진을 찍겠어요?

저는 이제 제 침대보다 넓은 꿈은 꾸지 않아요. 문틀보다 키가 큰 사랑은 데려오지 않고요. 어차피 가지지 못할 것을 바라는 대신 그저 가진 것을 조금이라도 덜 잃길 바라요. 좁은 내 집 안의 자그마한 내 것들.

이젠 그게 저의 유일한 욕망이에요. 이미 가지고 있는 것만이 가질 수 있는 전부인, 그런 곳에 저는 살아요.

그러니까 결국은 집이 좁아서 그런 거예요.

변명으로 생각한다 해도 그렇게 말할 수밖에 없어요. 당신에겐, 당신들에겐 대수롭지 않은 일들이, 부끄러워할 일도 염려할 일도 아닌 것들이, 좁은 집에 사는 내겐 전부인 것이라서 그렇다고.

네? 갑자기 이게 무슨 얘기냐고요?

당신이 방금 물었잖아요.

왜 그렇게 속이 좁냐고.

초조함

순진했던 시절에 나는, 시간을 무슨 지폐처럼 지갑 속에 넣고 다니다 내키는 게 있으면 값을 치를 때 쓸 수 있다고 믿었다.

그때의 나는 삶이 오롯이 나의 것이라고 생각했다. 시간은 내가 스스로 일군 적 없는 재산이어서, 쓰기에 도무지 아깝지가 않았다. 평생 쓰다 모자라면 죽지 뭐, 호기로운 소리도 했었다.

그리고 이제 와 나는 주머니를 뒤적이고 있다. 종잣돈은 바닥이 나고, 가진 건 보잘것없는 글줄과 실패한 사랑의 기억뿐.

아, 이제야 나는 가난이 두렵다. 따라 가난해질 나의

마음은 더 무섭다.

수확 없이 가물어버린 나의 젊음.

탓할 이 없어 더 부끄럽고 외로운, 나의 오늘.

세월

나는 열일곱에서 더 자란 적이 없다.

다만 늙고 있다.

세상에는 자라서 어른이 되는 사람이 있고 늙어서 어른이 되는 사람이 있다고, 나는 생각한다.

그리고 나는 후자의 부류다.

제 몫을 못다 하는 철부지. 나잇값을 엉뚱한 데 치른 빈털터리. 부적응자. 시간에게 떠밀려 소년기로부터 추방당한 이. 피터팬 콤플렉스의 환자. 넥타이가 어색하고 빳빳한 수염이 낯선.

먹은 시간들을 양분으로 쓰는 대신 그저 배설해버려, 더 크지 않고 다만 시들어 가는 것. 그것을 나는 늙는 것이라 말한다.

거목처럼 우뚝하여 내일 죽더라도 오래 남을 노인이 있는가 하면, 길가의 낙과처럼 덜 여문 채 쪼글쪼글 말라 죽어가는 청년도 있다.

시간은 누구에게나 공평히 키를 북돋고 주름을 새기며 뼈를 삭힌다. 우리는 모두 그렇게 어른이 된다. 그러나 모두가 같은 어른은 아닐 것이다.

그러니까, 나는 그저 늙은 열일곱이다.

거울 앞에서 나는 아이의 얼굴을 본다. 여전히 무책임하게 천진한, 저 늙은 소년의 얼굴. 지난 추억으로 여즉 눈물 글썽한 눈과, 허황된 꿈을 조잘대는 입술과, 도무지 현실의 통증을 겪어본 일이 없는 흰 뺨이 나의 생김이다.

하여 고백건대, 소년의 마음으로 살아가는 일은 때로 부끄러운 일이다.

소비

늙은 경제학 교수는 소비에 대해 이야기하고 있었다.

… 간단하게 말하자면 쓰는 것이지요. 효용을 얻기 위해 무언가를 쓰는 것이 바로 소비입니다. 시간을 써서, 돈을 써서, 자원을 써서 우리는 재화나 서비스를 사거나 만들 수 있지요….

나는 쓰는 것과 쓰는 것에 대해 생각했다.

대출을 받아 치른 등록금과 메모장에 휘갈겨 둔 시구에 대해, 친구의 연애편지를 교열해주는 데나 쓰인 독서의 경험과 결말에 이르지 못한 습작들에 대해.

… 돈이든 자원이든 당연히 쓰면 줄어들고 없어지겠지요. 소비는 일종의 소모이기도 합니다….

나는 쓸수록 줄어들고 끝내 없어지는 것에 대해 생각했다.

얄팍한 지갑과 이야깃거리가 떨어진 건조한 혀에 대해, 텅 빈 쌀독과 지난 며칠간 일기의 주제였으나 이제는 흐릿한 울분에 대해.

… 하지만 소비와 소모는 달라요. 소비란, 그냥 써서 없애는 것이 아니라 가치 있는 것과의 교환입니다. 예컨대 우리는 돈을 쓰는 대신 통화 서비스를 이용하는 효용을 누리고, 재료를 쓰는 대신 핸드폰을 만드는 효용을 얻지요. 소비란 그런 겁니다. 쓸모 있게 쓸 때만 소비라고 할 수 있는 거지요….

나는 쓴 것들의 쓸모에 대해 생각했다.

나의 신분이자 계급이 되어줄 졸업장과 어차피 출간되지는 못할 텍스트 파일들에 대해, 더 높은 연봉의 근거가 되어줄 경력들과 초라한 자기만족으로 남을 시들에 대해.

… 아름다운 꽃을 기르는 데 들이는 정성과 물, 비료는 소비겠지만, 아무도 봐주지 않는 잡초에 시간을 쏟으며 물과 퇴비를 준다면 그것은 낭비겠지요. 효용을 얻지 못하면서 쓰는 것은 낭비입니다….

그렇군요, 그렇군요, 교수님.

쓰는 것과 쓰는 것에 대해 생각하다가, 나는 괜히 눈물을 쏟을 것 같았다.

아, 내가 써온 모든 것들은, 어쩌면 무용한 사치였다고.

내 모습

연애는 좀 하니, 누가 물으면 슬그머니 너의 얼굴을 떠올리다 웃으며 고개를 젓는다. 여태 너를 못다 보내서 혼자예요, 하는 고백은 이제 낭만이 아니라 주책이다.

무얼 하고 지내니, 물으면 그럴싸한 자격증과 알 만한 회사의 이름을 대고 사뭇 바쁜 체를 한다. 거두는 것 없이 초라한 글만 지었다 무너트리는 연필이 몽당해봐야 자랑이 아니라 수치이다.

나는 그럴싸한 장래희망을 꾸며내는 데 재주가 많은 사람이고, 보잘것없는 옛 일기를 윤문하는 데 특출한 사람. 그 거짓말들 사이에서 나는 썩 괜찮은 날들을 사는 듯도.

돈

편의점 사장은 날짜 지난 삼각김밥을 함부로 가져다 먹은 죄로 나를 잘랐다. 부모님이 다달이 보내주는 돈은 방세에도 조금 모자랐다. 친구의 친구는 엊그제 단기유학을 떠났고, 같이 방을 쓰던 내 친구는 그를 부러워하다가 노량진으로 향했다. 공무원이 되겠다는 것이었다.

노량진이라, 안 먼가? 묻는 내게 그는 코웃음을 쳤다. 하나도 안 멀어. 넘어져서 좀 구르다 보면 노량진일걸.

노량진.

나는 그곳에 대해 생각할 때마다 죽음을 떠올렸다. 생선의 탁한 눈동자, 꼬이는 파리, 관짝 같은 고시원과 문제집에 코를 박고 쓰러져있는 파리한 얼굴들.

죽은 물고기들과 죽어가는 인간들의 도시.

물론 그것은 무례한 편견일 뿐이다.

나도 안다. 노량진을 들를 때마다 내가 느끼는 것은 그렇게 정적인 죽음이 아니라 요란한 삶이었으니까. 꿈틀거리는 것들, 시퍼런 비늘, 뒤를 돌아보지 않는 눈알들과 그 눈 속에 일렁이는 불. 사방에서 색과 냄새와 열기가 와글와글한 도시. 죽음이라니, 가당치 않은 소리지.

노량진을 메운 것은 부지런히 움직이고 또 움직이는 사람들, 퍼덕이는 생선들이다. 살아서 꿈틀대는 이들. 골방에서 하루 절반을 누워 지내다 문득 끼니를 염려하는 게 고작인 내가, 어떻게 감히 그들을 죽은 것이라 이를까. 노량진은 오히려 세상 어디보다 치열한 생의 장소다.

그러나 그럼에도, 나는 노량진에 대해 생각할 때 죽음을 연상하고 마는 것이다.

왜?

그는 삼 년간 꿈만 꾸다 일 년간 모은 돈으로 겨우 사서 이 년간 연주하던 기타를 팔았다. 아껴 쓰면 반년 치의 생활비가 나온다고 했다.

어차피 뭐, 취미였고, 이제는 뭐, 시간도 없으니까.

변명하듯 말하는 그에게 나는 잘했다고 해주었다.

이젠 뭐라도 해볼 거야, 기타 값이 들어있는 봉투를 동아줄처럼 쥐고, 친구는 혼잣말처럼 내뱉었다.

나는 그의 혀끝에서 풍기는 비린내를 맡으며 얼마간의 존경심을 느꼈다.

그 비린내. 삶의 냄새. 죽어가는 삶의 냄새.

노량진, 그 도시의 모두는 살아남으려고 용을 쓴다. 살아서 팔리려고 애를 쓴다. 살아야만 팔린다. 팔리지 않으면 죽고 곯아 내버려진다. 해서 팔리려고 사는 삶이다. 비린내가 요동을 친다. 오직 산 것들만이 낼 수 있는, 그 짙은 비린내가.

노량진 아니라 어디라도 실은 마찬가지다.

왜 아닐까, 상품성이 인간으로서 갖추어야 할 최소한의 미덕이 된 지 오래다.

쌉니다, 싸요. 헐값에 스스로를 내놓는 이들은 그저 삽니다, 사요. 한마디를 바라며 눈을 번쩍인다.

시장바닥 같은 세상이다. 비린내가 자욱한 시장이다. 땀을 흘려본 적이 없어 희미한 체취가 익숙한 내 어린 코는, 그 맹렬한 냄새에 점막이 헐어 피를 흘린다. 귀가 울려 어지럽다. 호객과 호가의 고성으로 왁자한 탓이다. 팔 것도 살 것도 없는 나는 이 시장의 이방인. 불현듯

욕지기가 올라오고 세상이 휘청,

　　해서 나는 문득 노량진, 하고 비명을 질렀다.

　　친구가 그래, 노량진, 하고 되받아 뇌까렸다.

　　나는 그를 쳐다보았고, 그는 나를 마주 보았다.

　　그는 노량진으로 간다. 그 도시의 다른 사람들처럼, 새까만 눈동자 안에 불을 지피러 간다. 한때 그 안에 있던 것들을 다 태우면서 번쩍일 불을.

　　이렇게 살다간 거지로 죽을 테니까. 그가 먼저 눈길을 거두며 말했다.

　　그래, 그랬다. 그는 그래서 노량진으로 간다고 했다. 거지로 죽지 않기 위하여.

　　회칼 앞의 생선처럼 절박한 삶의 의지가 펄떡이는, 아, 노량진.

　　하여 나는 또 죽은 물고기와 죽어가는 인간들에 대해 생각하게 되는 것이다.

　　팔리지 않은 것들, 살아남지 못한 것들. 비린내에 가린 시신들의 냄새. 땅바닥의 뼈와 가시들.

　　친구는 단출한 트렁크를 끌고 뒤축이 너덜너덜한 운동화에 발을 끼웠다.

　　고등어구이 같은 건 많이 먹겠다, 실없는 농담에 그

가 웃음소리를 내었다. 야, 고등어 값이 얼만 줄 알어? 우리는 더 말을 잇지 않고 마른 웃음만을 주고받았다.

연락할게. 응, 그래. 문이 닫히고 나는 방 안에 남았다.

그는 기억할까. 기타를 팔아버리고 돌아온 지난밤에 그는, 술에 잔뜩 취해 벌지 않는 삶이 기타가 없는 삶보다 수치스러운 것이라고 외쳤다. 나는 대답 대신 고개를 숙였다. 턱 밑이 벼랑이었고 나는 그대로 떨어져 죽었다.

하기야 담은 것 많은 나의 눈깔도 탁하기는 마찬가지였다.

우리는 평생 가난한 서로를 동정할 것이었다. 삶 같지 않은 삶을 조용히 잃어가면서.

겨우

낡은 책을 팔았다.

둘 곳이 없어 베란다 구석에 쌓아두었던 책들이었다.

골판지 상자에 채워 담으니 다섯 상자. 나는 그것들을 고물상에 가져다가 폐지로 팔았다. 어차피 흔하게 팔렸던 것이고 험하게 읽힌 뒤라 중고품으로는 누가 사지 않을 것들이었다.

— 얼마나 할까요?

십 킬로그램에 천이백 원이라더니, 기름과 땀으로 번들한 얼굴의 고물장수가 저울에 달아보고는 육천 오백 원을 쳐주고는 물었다.

— 팔 거요?

나는 고개를 끄덕였다.

육천오백 원이요, 하고 말하는 그의 목소리를 듣는 그때에, 나는 이미 내 책을 잃었으므로.

한때 내 궁전의 벽돌이었던 그 직육면체들은, 값이 불리는 순간 활자가 묻은 파지로 전락했다. 내가 상자에 담아 온 것들은 책도 글도 아닌, 그저 종이였던 것이다. 더 적을 데 없이 더럽혀진 종이, 육천오백 원어치.

읽히지 않는 글의 가치란 고작 그 정도였다.

감사합니다. 꾸벅 인사를 하고 고물장수가 내민, 폐지처럼 꼬깃꼬깃 때 묻은 지폐 두 장과 오백 원 주화 한 닢을 받아들었다. 내 뒤에는 페트병 꾸러미 따위를 들고 계량을 기다리는 노인이 둘이나 서 있었다. 나는 어쩐지 부끄러운 기분으로, 그들을 지나쳐 쓰레기 더미가 쌓인 고물상을 빠져나왔다.

한 자에 1원이 되지 않는, 글이라니.

횡단보도 앞에 멈추어 나는 주머니의 돈을 만지작거려보았다. 그리고 여전히 빼곡한 나의 책장을, 또 누구의 서가에도 꽂혀있지 않은 내 글을 잠시 떠올렸다.

잠시, 아주 잠시.

횡단보도의 붉은 신호와 함께 나는 감상을 꺼트렸다.

그런 생각을 오래 하다간 발이 묶이고 말 것이 분명했으므로.

집으로 돌아오는 길에 슈퍼에 들러 다섯 봉들이 라면과 통조림 햄 한 캔, 콩나물 한 봉지를 샀다.

육천 오백 원이 넘어 카드로 세산을 해야 했다.

물건이 담긴 비닐봉지는 어째 주머니에 든 한 닢의 동전과 두 장짜리 지폐보다 가벼웠다.

나는 이것들로 며칠을 먹고 살까.

그런 생각이 문득 들었다.

까닭 없이 비참한 기분이었다.

OUTRO

소
설

지난번 H가 다녀간 뒤로 사흘이 지났다. 그가 원고를 가지고 들를 때가 되었다 싶어 나는 창밖을 살폈다. H는 잦으면 이틀 걸러, 못해도 주에 한 번은 원고를 들고 이곳을 찾았다. 아니나 다를까 죄인처럼 등을 굽히고 터덜터덜 걸어오는 그의 모습이 보였다. 직원 중 누가 또 그의 모습을 보았는지, 아이고 단골 오시네, 하고 큰 소리로 이죽거렸다. 사무실에 까르르 웃음이 터졌다. H 씨예요? 근처에 있던 여직원이 창가에 선 내게 물었고 나는 고개를 끄덕였다.

H는, 말하자면 작가였다. 작가임을 자처하는 데 마땅한 자격이 필요한 것은 아니었으므로, 또 그를 달리 지

칭할 어떤 명사를 찾을 수 없었으므로, 우리는 그를 작가라 불렀다. 그가 '말하자면' 작가인 까닭이 바로 그것이었다. H는 그것 외에 아무것도 아니며 그것으로 불러도 상관없기 때문에 작가인 사람이었다. 그러나 정말 H가 작가인가, 하고 누가 내게 물으면 나는 고개를 저었을 것이다.

H는 언제나 제 얘기밖에 할 줄을 몰랐다. 문학이라는 게 결국 작가의 이야기일 수밖에 없지마는, 아무리 그래도 만날 같은 이야기였다. 그의 글이 술 먹고 부리는 주정이었다면 나는 진작 그의 뺨을 후리고 자리를 떴을 것이다. 같은 말을 되풀이하는 것만큼 꼴불견에 지겨운 주사는 또 없을 테니까.

성실하기는 했다. 손바닥만 한 잡지의 딱 한 페이지 분량인, 형식 제한 없는 쪽글이긴 해도 이틀에 한 편씩 써내기란 만만찮은 일이다. 그러나 그것을 작가로서의 성실성이라 부를 수는 없을 것이다. 내가 보기에는 차라리 강박증 환자의 병증이나 중독자의 금단증세에 가까운 꾸준함이었다. 밤낮없이 쓴다고는 하나, 그 글이란 게 백 번 읽어도 다 같은 얘기였으니 말이다. 그는 했던 자기 얘기를 또 하지 않고서는 견딜 수가 없는 모양이었다. 신

작입네, 하고 달리 적은 부분이라 봐야 안 쓰던 단어 몇 개를 욱여넣어 구색을 갖춘 것뿐이었다. 어떤 글을 읽어도 세 줄만 읽으면 기시감에 고개가 갸우뚱 기울었다. 엊그제 주신 작품하고는 다른 글인가요, 물으면 H는 멋쩍게 웃으며 고개를 숙였다.

자기복제와 동어 반복. H도 자신의 글이 늘 같은 얘기인 것을 모르진 않는 눈치인데, 그럼에도 다른 방법을 모르는 것처럼 또 뻔한 글을 써오는 것이었다. 그것을 강박이나 중독이 아니면 무엇으로 부르랴.

H가 사무실에 들어서자 모두의 시선이 잠깐 그에게 꽂혔다가, 떨어졌다. 그는 문 바로 앞에 잠시 멈춰 섰다. 시선에 정말 찔리기라도 하는 건지, H는 사무실에 들어설 때마다 매번 살 맞은 짐승처럼 붙박여 서서는 몸을 움츠린 채 눈을 굴렸다. 나를 찾는 것이었다. 내 책상이야 항상 그 자린데, 굳이 나와 눈을 맞추고 나서야 멈췄던 걸음을 떼는 것이 H의 버릇이었다.

멀리서 눈짓을 보내자 멈춰 섰던 H는 안심한 듯 씩 웃고는 내 자리로 곧장 걸어왔다. 그리고는 원고를 내밀었다. 나는 그의 원고를 받아 곧장 옆에 내려놓았다. 잘 읽겠다는 인사말도 거른 지 오래였다. 그러나 그런 내 모습마저 익숙해졌는지, H는 예의 겸연쩍은 웃음을 흘릴 뿐이었다. 나는 부러 그의 얼굴에 시선을 두지 않았다.

저, 그럼. 침묵 속에 어색하게 책상 앞을 서성이던 H가 내 정수리에 꾸벅 인사를 했다. 나는 돌아서는 그의 등에 살펴가세요, 하고 짧게 인사를 보냈다. 그가 고개를 돌려 한 번 더 목례를 했다. 아직 가시지 않은 미소가 얼굴에 걸려 있었다. 그가 사무실을 나서자 옆에 앉은 동료가 짓궂게 웃으며 물어왔다. 그거, 읽을 겁니까? 나는 뭐 시간 나면, 하고 적당히 대답한 뒤 원고봉투를 아예 책상 끝으로 밀어놓았다.

창밖을 내려다보니 멀어지는 H의 뒷모습이 보였다. 꼿꼿이 허리를 세운 채 씩씩하게 걸어가고 있었다. 항상 그랬다. 죄인처럼 찾아와 식상한 글을 바치고는, 떠날 땐 개선영웅처럼 당당하게 걸어 나가는 것이었다. 도대체 알 수가 없었다.

H는 다시 그의 방으로 돌아가 또 어제와 엇비슷한 글을 쓸 것이다. 나는 닫힌 방에서 거울을 들여다보며 종일 자화상을 그리는 화가의 모습을 상상했다. 당연히 H의 얼굴을 한 화가였다. 나는 이제 그가 기괴하게까지 느껴졌다.

그래서, H가 쓰는 글의 내용이 무엇인고 하면, 하나같이 실패담들이었다. 떠났거나 잃었거나 죽어버린 것들을 복기하고 찬미하다가, 그것들이 사라진 것을 스스로의 책임으로 돌리고 탓하는 내용. 대상은 연인, 친구, 추억이나 어린 시절 꿈 따위로 조금씩 바뀌었으나 그것들에 대한 수사는 고만고만 비슷했다.

형식이 글마다 다르기는 했다. 가끔은 수필인 듯하다가, 어쩔 땐 엽편소설 같았고, 대개는 시에 가까운 느낌을 주었다. 그래봐야 서술은 늘 일인칭으로 이루어졌고 문체도 크게 바뀌는 일이 없었으니, 이름이 따로 없어도 작중의 화자가 H임은 분명했다. 결국엔 동일한 화자가 말투만 조금씩 바꿔가며 같은 이야기를 반복하는 글이었다.

비슷한 실패담을 연거푸 읽는 것도 고역이지만 특히 견디기 힘든 것은, 그가 언제나 자책으로 글을 맺는다는 점이었다. H의 글 속에서, 그가 잃은 것은 무엇이든 그의 탓이었다. 숫제 엊그제 비가 내린 것도 자기 탓이라 할 위인이었다. 내게는 그것이 역설적인 오만함으로 느껴졌다. H가 정말 그렇게 대단한 사람인가? 모든 이별과 상실을 자신의 실패로 소유할 만큼? 나는 그의 글에서 자기연민을 넘어선 자아도취의 냄새를 맡았다.

뭐, 자의식 과잉이야 좋다. 작가라는 부류들은 대개가 비대한 자의식을 가지고 있는 법이니까. 실은 누구나 마음속에 떠올렸다 그냥 지우는 말들을, 작가들은 글로 빚어 내놓는다. 그 흔한 마음을 주제넘게 글로 남기는 이유가 자의식 과잉 말고 달리 무엇이 있을까. 오직 작가들만이 낯 뜨거운 줄 모르고 글을 쓴다.

그래도, 하필 자책으로 그 과잉된 자의식을 표현할 이유가 무엇이란 말인가. H가 화가라면, 밤을 새워 자화상을 그려놓고는 마지막 순간에 돌연 먹을 끼얹고 마구 덧칠해 제 얼굴을 다 일그러트리는 꼴이었다. 내게는 그의 글들이 흉물스럽게 느껴졌다.

그러나 아무리 눈치를 주어도 소용이 없었다. 그는 못생긴 낯을 그리는 일이 지겹지도 않은지, 매번 부지런히 써서는 읽어보라며 코끝에 원고 몇 장을 들이밀었다. 봄꽃이 움트는 5월 호에도, 화이트 크리스마스와 연인들의 사랑을 다루는 12월 호에도 H는 꼬박꼬박 칙칙한 색깔로 그려진 실패담과 자책의 글들을 쥐고 찾아왔던 것이다. 그리고 그중의 한 편을 추려 지면에 올리는 것이 나의 일이었다.

H는 늘 황갈색 서류봉투에 원고를 담아왔다. 책상 한쪽에 밀어놓은 그 종이봉투가 눈에 밟히지 않는 것은 아니었지만, 모른 척 그것을 마음 밖으로 밀어놓은 채 한나절을 보냈다.

공교롭게도 내가 이 출판사에 막 이직해 왔을 때와 H가 원고를 들고 방문하기 시작한 때는 거의 엇비슷한 시기였다. 사장은 내게 H를 전담하라고 했다. 그리고 딱 반년 후, H는 우리 회사의 명물이 되어 있었다. 나는 그 사이에 그가 자주 써먹는 특징적인 몇 문장은 거의 욀 수 있게 될 만큼 H의 글에 이골이 나 있었고.

사장은 아예 H를 위한 코너 하나를 신설하자고 했다. 독자 반응이 제법 있다는 이유였다. 반응이라 봐야 댓글 몇 개였지만, 우리 잡지는 독자 투고로 지면의 절반 이상을 채우는 물건이었다. 그러니 그 수많은 일반인 투고자 중 H의 이름을 명확히 거론하고 있는 인터넷 게시판의 댓글 몇 자 정도만 해도 꽤 열렬한 호응이기는 했다. 문제는 그 H를 위한 신규 코너의 담당자로 내정된 것이 또 나였다는 것이다. 그 양반 매번 비슷한 글만 쓴다고 툴툴대는 내게 사장은, 둘 중 하나가 질리면 그만두는 거지 뭐, 하고 농을 쳤다.

물론 먼저 진력이 난 쪽은 나였다. 아닌 게 아니라, 게재할 글을 고르기 위해 그의 눅눅한 원고 열 장을 내리 읽다 보면 그냥 다 그만둘까, 하는 생각이 들었다. 그의 글은 죄다 실연자의 울음, 가난한 이의 푸념, 병자의 하소연이나 범인의 자백이었다. 읽는 것만으로 우울한 병이 옮는 기분이 들었다. 직업적 책임감과 H에 대한 일말의 연민이 아니었다면 진작 H의 글을 피해 퇴사를 결정했을 것이다.

차라리 회사를 그만둘까. 내가 H의 원고가 담긴 봉투를 눈앞으로 당겨오며 습관처럼 중얼거리자 옆자리의 동료가 낄낄거렸다. 벌써 느지막한 오후, 해야 할 일은 전부 마쳤고 퇴근까지는 한 시간이 남은 시각이었다. 그럼에도 나는 선뜻 원고를 꺼내어 읽지 못하고 다만 봉투의 입구를 손가락으로 툭툭 건드렸다. 파일로 보내주어도 된다고 몇 번을 말했는데 기어코 인쇄해 봉투에 담아오는 것을 보면, 이건 정말 나를 괴롭히려고 작정을 한 것이 아닌가? 자의식 과잉에 빠지고 싶은 거라면 혼자 보는 일기에 적어도 충분할 텐데. 공연히 화가 났다.

부러 꺼내 읽지 않아도 나는 봉투 안의 원고, 또 그 원고 안의 이야기에 대해 얼마간 짐작할 수 있었다. H는 늘 삶에서 맞닥트릴 수밖에 없는 우울, 그리고 맞닥트려야만 하는 우울에 대해서만 이야기했으니까. 물론 그 내용은 앞서 말했듯, 대부분 자신이 그것들과 맞닥트려 얼마나 비참하게 실패했는지에 대한 것이었다.

문득 우습다는 생각이 들었다. 내게는 그의 원고 자체가 그런 의미였기 때문이다. 맞닥트려야만 하는, 맞닥트릴 수밖에 없는 우울. 그러나 내게 그의 원고를 읽지 않을 방법이 있는가? 아니, 아니지. 나는 정말로 사퇴서를 작성해본 적도, 이제 원고를 더 가져올 필요가 없다고 H에게 선고해본 적도 없었다. 어쩌면 나 또한 그것을 피하는 데에 매번 실패하고 있는 셈이었다, H와 다를 바 없이. 입안에 고인 쓴웃음을 한 번 씹어 뱉고, 나는 풀칠이 되어 있지 않은 서류봉투를 열었다.

*

여기까지 이 우울한 기록들을 읽어와 준 당신에게.

가뭄 혓바닥에서 진물 같은 단어들을 간신히 짜내어 백지에 떨어트립니다. 그렇게 쓰인 것은 시도 아니고 소설도 아닌 것이, 글이 아니라 오점 같습니다.

어쩌면 당신에게도 저의 글들은 지나치게 어둡고 쿰쿰한 냄새가 나는 것이었겠지요. 그럼에도 저는 쓰고 있습니다. 저는 왜 이런 글을 쓰고 있을까요.

형언(形言)은 간단하지만 어려운 작업이지요. 낮고 어두운 마음을 이야기할 때는 더 그렇습니다. 누구나 능통한 모국어 하나쯤은 가지고 있기 마련이지만, 그럼에도 슬픔을 유창하게 발음하는 일은 쉽지 않습니다. 아마 그것이 늘 어떠한 맥락의 끝에서 꽃처럼 한순간만 피어나는 마음이기 때문이겠지요. 세상의 모든 슬픔은 발작처럼 느닷없이 찾아오지만 지병처럼 뿌리 깊은 것. 그것의 전부를 온전히 발음하기 위해서는 단순한 낱말의 나열보다 촘촘한 '이야기'가 필요합니다. 외마디 비명이 아닌 시와 노래, 소설과 수기가 필요한 것입니다.

그러한 까닭으로 저는 문장들을 엮었습니다. 저의 이야기는 때로 날것의 목소리로 적은 수기이거나, 빌린 목소리로 적은 소설, 혹은 흐린 목소리로 적은 시였으며, 결과적으로 그것들 중 어떤 것도 아닌 그냥 엉겨 붙은 의미들이었습니다만, 그것들 모두 슬픔을 보다 정확하게 전달하기 위해 쓰인 것이라는 데에는 차이가 없습니다.

그렇게 슬픔을 이야기로 만드는 작업 중 가장 중요한 부분은, 그 마음이 가져야 할 마땅한 핑계를 찾는 일입니다. 발단, 서두, 인물의 동기이자 결말의 복선. 마지막에 적는다 하여도 언제나 첫 줄일 수밖에 없는, 우울의 원인. 그것을 찾아내야만 이야기를 완성할 수 있는 법이니까요. 까닭 없는 슬픔은 주정뱅이의 푸념처럼 지루하고 시시하게 여겨지기 십상이잖습니까.

그러나 그것은 늘 끔찍하게 어려운 일이었습니다.

물론, 제게는 실패와 상실의 경험이 많습니다. 실은 그것만이, 제가 가진 것 중 유일하게 많다고 할 수 있는 것입니다. 그러나 그 많은 경험 중 왜 제가 실패했는지, 무엇 때문에 잃어야만 했는지를 명확히 짚어낼 수 있는 것은 많지 않습니다. 세상이란 것은 책임을 따져 묻기에는 실체가 모호한 것 같았고, 신이라는 양반은 원망하기에 존재부터가 좀 미심쩍었으며, 한때 저의 성공이고 성취였던 연인과 친우들은, 아, 미워하기에는 여전히 너무 사랑스러웠기 때문입니다.

때문에 저는 저를 미워하였습니다. 제가 맞아야 했던 모든 괴로움의 원인을 자기 자신으로 돌려, 기꺼이 스스로를 슬픔의 핑계로 삼았던 것입니다. 그래야 이야기를 할 수 있었습니다. 그러한 마음의 자세를 지나친 자학, 혹은 도취에 가까운 자의식 과잉이라 부르셔도 제겐 변명할 길이 없습니다. 슬픔을 형언하기 위해서는 이야기가 필요했고, 이야기를 완성하기 위해서는 때로 그렇게 비뚤어진 논리들이 필요했습니다.

예, 불공평한 이야기를 통해서라도 제 우울을 발음할 수 있음이 제겐 좋았고, 또 솔직히 말하면, 이 슬픔이 차라리 모두 나의 것이라 생각하면 마음이 좀 편해지는 것도 같았습니다. 당신이 동정하거나 경멸한다 하여도, 오직 그런 방식으로만 마음을 형언할 줄 아는 사람들이 세상에는 있습니다. 그중 하나가, 바로 저인 것입니다.

그리하여 저는 이런 우울한 단어들을 자책의 문형으로 엮었습니다. 시랍시고, 수기랍시고, 소설이랍시고 적었습니다.

사실은 저도 부끄럽습니다.

지겹지요, 열일곱의 시절부터 같은 말을 되뇌는 것이. 절망과 열패감에 관한 명사들은 하도 많이 적어 닳아버린 지 오래고, 옛사랑과 추억들에 대한 수식어들도 쓸 만큼 써 바닥까지 말랐습니다. 세상의 큰일이 아니라 좁은 마음 안의 사소한 일밖에 쓸 수 없는 제가 스스로도 한심하게 느껴진 적이 몇 번이었는지요.

그러나 쓸 수밖에 없었습니다. 써야만 마음이 덜어지고, 쓰지 않으면 저는 아무것도 아니니까요. 누군가 나를 읽어줄 것이라는 꿈을 꾸어야만 잠이 깊어졌고, 누군가의 마음을 대신 발음해주는 것으로만 제 손가락의 쓸모를 확인할 수 있었습니다.

고백건대 그것만이 저의 유일한 동기였습니다. 저는 어미를 찾는 아기의 울음처럼 썼고, 난파선을 비추는 등대의 불빛처럼 썼습니다. 쓰는 일에 관한, 그 모든 지난함과 비참함에도 불구하고 말입니다.

어쩌면 당신과 함께이고 싶어서 썼다고, 말해도 좋을 것 같습니다.

쓰고 읽기 전에 우리는 완벽히 혼자가 아니었는가요?

그렇습니다.

저는 앞서, 쓰는 것으로만 마음을 덜어낼 수 있고 쓰지 않으면 스스로가 아무것도 아니기 때문에 써왔노라고 말씀드렸습니다. 그러나 그것보다 중요한 것이 있습니다.

당신입니다.

쓰인 것들은 읽혀야만 제 값을 갖습니다. 당신이 읽어주지 않으면 덜어진 마음이 다시 채워지지 않았고, 당신이 읽어주어야만 저도 무엇이 될 수 있었던 것입니다.

이 우울과 자책의 토설이 시가, 소설이, 수기가 될 수 있다면 그것은 당신이 그렇게 읽어주었기 때문입니다.

그리하여 또 하나, 새삼스러운 고백.

저의 문장 절반은 언제나 읽어주는 당신의 것입니다. 당신 덕분에, 저는 계속해서 쓰고 있습니다.

생각해보니, 이 우스꽝스러운 자기 고백의 글을 통해 제가 정말 드리고 싶었던 말이 어쩌면 이 두 문장뿐이었나 봅니다.

네, 저는 H입니다.

저는 이런 글을 씁니다. 매일 같은 얘기를 하는 사람이고, 선천의 우울을 벗지 못하는 사람입니다. 겁쟁이처럼 바들거리며 걸어와 부끄러운 글을 내놓곤 짐을 던 양 경쾌하게 사라지는 괴짜입니다. 그러한 제 모습에 대한 각주들은 죄 궤변 아니면 변명이라 썩 마뜩치가 않습니다. 그러나, 저는 어쩔 수도 없이, 이런 글을 쓰는 이런 사람입니다.

당신은 이 고백들을 픽션의 조각으로, 혹은 개인적인 편지로, 아니면 어떤 글 뭉치의 맺음말로 읽으셔도 좋습니다. 아예 싸구려 장난으로 치부하셔도 괜찮습니다.

저는 작가가 아니라 '말하자면' 작가인 사람이라,

이런 식으로밖에 마음을 전하지 못합니다.

여기까지 이 우울한 기록을 읽어와 준 당신.

마음을 다해, 감사드립니다.

제가 쓰는 것들이 앞으로도 당신의 문장으로 남기를 바랍니다.

슬픔이 부끄러워 나는 웃었다.
생긋생긋 비밀이 돋았고,
많이 웃고 상냥할수록 더 외로워졌다.

시들지 않기 위해 피지 않을 것

글 홍성하

초판 1쇄 펴냄 2023년 5월 25일

편집 송재은 김현경
디자인 송재은

펴낸곳 warm gray and blue
이메일 warmgrayandblue@gmail.com
인스타그램 @warmgrayandblue

출판 등록 2017년 9월 25일 제 2017-000036호
ISBN 979-11-91514-16-2(03810)